Le secret sicilien

LELA MAY WIGHT

Le secret sicilien

Traduction française de
ISABELLE DONNADIEU

AZUR
HARLEQUIN

Collection : Azur

Titre original :
BOUND BY A SICILIAN SECRET

HARPERCOLLINS FRANCE
83-85, boulevard Vincent-Auriol, 75646 PARIS CEDEX 13
Service Clients — www.harlequin.fr
ISBN 978-2-2804-9940-8 — ISSN 0993-4448

Édité par HarperCollins France.
Composition et mise en pages Nord Compo.
Imprimé en février 2024 par CPI Black Print (Barcelone)
en utilisant 100% d'électricité renouvelable.
Dépôt légal : mars 2024.

FSC www.fsc.org
MIXTE
Papier issu de sources responsables
FSC® C159065

Pour limiter l'empreinte environnementale de ses livres, HarperCollins France s'engage à n'utiliser que du papier fabriqué à partir de bois provenant de forêts gérées durablement et de manière responsable.

1

Sa vie avait été effacée, son histoire.

Flora Bick baissa les yeux vers le dossier qu'elle tenait entre ses mains, cent vingt-six pages d'informations expurgées.

Elle connaissait les risques. L'assistante sociale l'avait prévenue, lors de sa première visite, sans ses parents, dans la capitale.

Londres... La ville lui avait toujours semblé à des milliers de kilomètres de son petit village du Devon mais elle ne s'était pas attendue à ressentir ce nœud dans ses tripes.

Elle ne s'était pas imaginé ressentir cette douleur.

S'agissait il de chagrin ? Elle avait l'impression qu'un poids immense s'était écrasé dans sa poitrine, y créant un vaste cratère. Pas un cratère vide mais un trou rempli de sentiments insaisissables qui lui laissaient une sensation d'oppression.

Assise sur le rebord du lit, les doigts tremblants, elle ouvrit son dossier d'adoption à la première page.

Il s'agissait d'un récit chronologique, jour après jour, de sa vie avant qu'elle ne rejoigne la ferme, avant qu'un couple d'inconnus ne l'adopte et ne la considère comme sa fille. Avant cette date, elle avait été la fille de quelqu'un d'autre et il lui avait fallu une vilaine fracture à la cheville pour le découvrir, et apprendre que ceux qu'elle appelait papa et maman n'étaient pas ses parents biologiques.

Cette révélation lui avait fait mal. La découverte des mensonges l'avait blessée. Vingt et un ans de mensonges !

Lorsqu'elle avait appris la vérité, sa première réaction avait été de s'enfuir loin, et son instinct lui avait fait choisir cet hôtel, plutôt que l'établissement bon marché que ses parents avaient réservé pour elle, près de la gare.

Sans réfléchir, elle avait poussé les lourdes portes dorées de cet hôtel de luxe et avait pénétré dans un hall somptueux où des portiers en gants blancs lui avaient aussitôt proposé de porter son sac à dos élimé.

Ce soir, elle avait eu envie de faire l'expérience d'un monde qui n'était pas le sien.

Si elle n'avait pas été adoptée, aurait-elle pu mener une telle vie ? Elle l'ignorait.

Du moins, elle l'ignorait avant d'ouvrir ce dossier.

Elle balaya la chambre du regard.

Le lit en chêne était si large, qu'il prenait presque toute la largeur de la pièce. Lorsqu'elle était montée dessus, le matelas ne s'était pas écrasé sous son poids. Il avait enveloppé son corps d'une étreinte ferme mais douce. Elle avait alors laissé tomber sa tête contre la montagne d'oreillers avant de se tourner vers les larges baies vitrées.

À son arrivée dans la chambre, elle avait tiré les lourds rideaux bleus brodés d'or et ouvert les portes-fenêtres qui ne menaient à rien d'autre qu'à une balustrade en fer forgé et à une vue impressionnante. Une vue plongeante sur Londres, la capitale, la ville de sa naissance. La ville où elle avait découvert la vérité sur elle-même lorsqu'elle y avait récupéré son dossier d'adoption auprès des services sociaux.

Elle avait dû faire une demande spéciale pour que son dossier ne soit pas envoyé par la poste. S'il l'avait été, elle ne l'aurait sans doute jamais reçu. Ses parents l'auraient à coup sûr intercepté.

Pour la première fois de sa vie, elle avait insisté pour que ses parents acceptent de lui lâcher la bride, pour qu'ils lui fassent confiance et l'autorisent à aller chercher son dossier sans être accompagnée. À profiter pendant quelques heures de cette grande ville avec ses lumières vives et ses immeubles plus hauts que les nuages, loin de la ferme, loin d'eux, loin de leurs attentes.

Hors de question que les personnes qui l'avaient élevée adoucissent ou minimisent l'impact que la découverte de son adoption avait sur elle. Toute sa vie, ils lui avaient caché tout ce qui pouvait paraître âpre pour lui offrir une existence sucrée, douce, sans drame.

Aujourd'hui, elle comprenait leur attitude protectrice, surprotectrice même. Elle comprenait leur insistance pour qu'elle ne sorte jamais du droit chemin, leur interdiction de faire ses propres choix.

Ils ne l'avaient jamais laissée prendre ses propres décisions parce qu'il lui manquait des informations vitales.

L'analgésique puissant dont elle avait eu besoin pour sa cheville cassée était un médicament dont elle devait se méfier en raison des risques d'addiction, lui avaient expliqué les médecins. Des risques qui pouvaient être aggravés par ses gènes, par son caractère compulsif.

L'achat de la robe qu'elle portait ce soir était un parfait exemple de ce caractère.

Elle n'avait pas pu résister, ni à la robe, ni à l'hôtel.

Elle baissa les yeux vers ses épaules enserrées dans une robe moulante vert émeraude. Elle n'avait jamais porté de robe de luxe auparavant, elle n'en avait jamais eu l'occasion. Pourtant, elle avait acheté celle-ci, sans réfléchir. Elle avait ressenti un désir intense de la posséder et elle avait craqué.

Était-ce parce que le gène de l'addiction coulait dans son sang ? Comme dans le sang de sa mère ?

Elle n'avait jamais connu sa mère biologique et elle ne la connaîtrait jamais. Celle-ci était décédée, prématurément, en raison de sa consommation de drogue.

Qu'y avait-il d'autre dans son sang ? Une maladie comme celle de sa mère ? Comment pouvait-elle le savoir puisque sa vie avait été… expurgée ?

Elle se leva d'un bond et le dossier glissa jusqu'à ses pieds. Quel symbole ! Elle piétinait son histoire, comme si elle ne signifiait rien. Sa vie n'était rien, d'ailleurs.

La lecture de son dossier, de ces dizaines de feuilles manuscrites qui l'avaient tourmentée pendant des mois, n'avait fait qu'accroître son besoin de découvrir d'où elle venait. Le dossier n'avait pas apaisé sa curiosité. Au contraire, il avait soulevé de nouvelles questions.

Et encore plus de doutes. Elle n'était pas celle qu'elle croyait être. Elle n'était pas Flora Bick, la fille d'un couple de producteurs laitiers. Elle était l'enfant d'un père inconnu et d'une toxicomane qui l'avait abandonnée.

Une main sur la poitrine, elle s'efforça d'inspirer profondément mais elle avait du mal. Elle se sentait prise au piège. Elle avait l'impression d'étouffer.

Sans réfléchir, elle se mit à courir. Elle ne ferma pas la porte de sa chambre derrière elle. Elle se contenta d'avancer le long d'un couloir décoré d'œuvres d'art abstraites jusqu'à un escalier en colimaçon.

Là, elle posa la main sur la rampe dorée et s'arrêta, hésitant. Si elle descendait, elle ne serait plus seule. Elle se retrouverait entourée d'étrangers qui lui voleraient tout l'air dont elle avait besoin, tout comme ses parents le faisaient à la maison. Chez elle, elle n'avait pas de place, pas d'air, pas d'espace pour penser.

Ce soir, elle n'était pas dans son petit village. Ici, elle n'avait nulle part où se réfugier, aucune forêt balayée par le vent dans laquelle se cacher, aucune plage désertée. Ce soir, elle était dans une grande ville dans laquelle les gens vivaient, bougeaient, parlaient…

Elle leva la tête vers les étages invisibles.

Et si elle continuait à monter ?

La poitrine toujours oppressée, elle releva sa robe et commença son ascension à la recherche d'un lieu désert, à la recherche d'un sanctuaire pour reprendre ses esprits.

À bout de souffle, elle atteignit enfin le dernier étage et se retrouva dans une impasse. Elle s'adossa contre le mur et tenta de reprendre son souffle.

Clic.

Elle sursauta en sentant soudain le mur derrière elle bouger.

Raffaele ouvrit les boutons qui serraient sa gorge. Malgré tout, la sensation d'étouffement persistait.

Par la fenêtre, il fixa l'horizon. Dans la nuit, les lampadaires éclairant les rues obscures lui faisaient penser à des flammes mais ces flammes étaient différentes de celles qui le consumaient.

Les lumières vacillantes de la ville pouvaient être allumées et éteintes à l'aide d'un interrupteur. Lui ne possédait pas d'interrupteur. Impossible d'éteindre ce feu intérieur qui le rongeait. Seule sa volonté lui permettait de le contenir tant bien que mal.

Il appuya sa paume sur la baie vitrée qui montait du sol au plafond et but une gorgée de l'alcool ambré qu'il tenait trop fermement dans sa main. Malheureusement, la fraîcheur de la boisson ne suffit pas à éteindre la chaleur qui l'habitait.

La rage continua à rugir en lui tandis que l'alcool descendait dans sa gorge et dans ses tripes, lui donnant envie de boire une autre gorgée pour tenter d'oublier, oublier l'espace d'une heure, d'une minute, d'une seconde. Pour tenter d'évacuer sa rage.

Mais à quoi bon ? Il ne trouverait jamais la paix.

Non, il ne connaîtrait jamais la paix. De toute façon, il ne l'avait jamais connue. Quant au sommeil… Il avait très envie de plonger dans les ténèbres. Malheureusement, impossible de dormir. Chaque fois qu'il fermait les yeux, il voyait sa maman. Il ne pouvait pas lâcher prise parce qu'il n'en avait pas le droit. Il n'avait ni le droit d'oublier ni le droit de dormir, il était le seul responsable.

L'enquête avait rendu son verdict.

Aucune négligence médicale, il était le seul coupable.

Il avala tant bien que mal sa salive et essaya de déloger la boule dans sa gorge. En vain.

Sa mère était bien trop fragile. Elle avait quitté son monde familier pour vivre dans un établissement spécialisé au milieu de gens qui ne la connaissaient pas, qui ne pouvaient pas la protéger comme lui le faisait. Elle s'était enfoncée dans la dépression, et elle avait perdu la bataille. Elle était morte parce que la seule fois où elle avait eu besoin qu'il lui tienne la main, il n'avait pas été là.

Il était le coupable, l'unique coupable, car c'était lui qui l'avait suppliée d'intégrer cet établissement. L'Essence du Hasard. « Un havre de paix destiné à explorer son moi pour guérir en toute sécurité », affirmait le prospectus.

Là-bas, sa mère n'avait pas voulu parler. Elle ne voulait que son père, encore et toujours, même après trente ans de rejet et de mensonges.

Las, il passa une main sur sa bouche. Hélas, impossible d'effacer l'amertume qui persistait sur ses lèvres.

Devinant que le décès de son père serait un coup dur pour sa mère, il avait tout laissé tomber pour rentrer et être celui qui lui annoncerait que le comte était mort, cet homme qui l'avait jetée comme si elle n'était rien, qui l'avait renvoyée au fin fond de la campagne sicilienne avec seulement une liasse de billets et la promesse de retrouvailles.

Des retrouvailles qui n'avaient jamais eu lieu.

À l'annonce de la mort de son père, il avait imaginé que sa mère pleurerait, puis qu'elle se murerait à nouveau dans le silence. Il n'avait jamais imaginé que cette disparition lui serait fatale.

Ses doigts se serrèrent autour du verre et une nouvelle vague de douleur le transperça, encore plus intense.

Tout à coup, il avait envie de lancer le verre contre la fenêtre, de l'entendre exploser en milliers d'éclats qui scintilleraient sur la moquette rouge.

Au lieu de cela, avec une inaudible précision, avec une infinie précaution, il alla poser son verre sur la table basse.

Le contrôle. C'était tout ce qu'il lui restait, tout ce qu'il avait jamais eu. Le contrôle et la maîtrise de soi, deux qualités qui dictaient sa conduite face au monde qui l'entourait.

Lorsque le juge l'avait condamné à une vie de regrets, dans cette salle d'audience italienne, il avait réagi sans même un battement de cils. Le contrôle, toujours. Mais à l'intérieur...

Il tourna à nouveau la tête vers la fenêtre et, tout à coup, distingua un mouvement, une forme ressemblant à une femme enveloppée de vert.

Oui, il s'agissait bel et bien d'une femme.

Il la regarda traverser la terrasse.

Elle possédait un visage en forme de cœur entouré d'une chevelure sombre qui descendait jusqu'à des épaules nues.

Son décolleté en forme de V attira son regard vers de petits seins ronds, parfaits.

Vêtue d'une robe de bal trop longue, cette femme n'était qu'une ombre surplombant la ville. Elle lui faisait penser à une déesse.

Une déesse qui n'était pas à sa place, ici.

Aucune fête n'avait lieu ici ce soir, pas de célébrations de Noël. Aucun de ces influenceurs qui venaient régulièrement à l'hôtel pour prendre des photos du décor vintage n'était présent.

Cela changerait lorsque son équipe l'aurait rénové et y aurait apposé sa marque, son nom. Son nom à lui, *Russo*, pas le titre nobiliaire que son père lui avait refusé.

Autrefois, le luxe était partout ici mais l'ancien propriétaire avait peu à peu réduit ses exigences, sauf dans les pièces dans lesquelles il se trouvait et sur la terrasse.

Cette partie de l'hôtel était complètement fermée au public. Mais l'ancien propriétaire avait préservé ce monde secret, ce dédale d'escaliers cachés, de portes dérobées et de passages dissimulés, pour que le personnel puisse entrer et sortir sans être vu.

Cette femme ne faisait cependant pas partie du personnel, il le voyait.

Il recula et sa cuisse heurta la table, faisant basculer le verre qu'il avait voulu jeter au sol. Il le stabilisa sans quitter la femme des yeux. Impossible d'ignorer cette silhouette délicate qui venait d'envahir son intimité.

Il leva la main pour allumer la lumière extérieure puis se ravisa.

Elle ne pouvait pas le voir. De là où elle se tenait, elle ne voyait rien d'autre qu'un mur. Des vitres intelligemment conçues permettaient à ceux qui se trouvaient à l'intérieur de regarder à l'extérieur sans être vus.

Il l'observa se diriger vers le balcon. Son dos délicat l'appelait, appelait ses caresses. Tout à coup, il avait envie de faire glisser ses doigts le long de sa colonne vertébrale, de lui pencher la tête, de l'embrasser…

De l'embrasser ?

Cette femme était pourtant une intruse, une intruse dans son deuil, or les intrus devaient être arrêtés.

Soudain, une rafale de vent fit virevolter ses cheveux autour de ses frêles épaules. Elle écarta alors les bras, leva le visage vers le ciel et se pencha au-dessus de la rambarde.

Il arrêta de respirer.

S'agissait-il d'un test ? D'un signe du destin ?

Était-elle une messagère destinée à lui rappeler qu'il avait laissé tomber sa mère ? Sa mère avait en effet choisi un toit pour sauter dans le vide et rejoindre son destin.

Sa paume rencontra un panneau argenté sur le mur, appuya dessus et, aussitôt, la vitre s'ouvrit, comme une porte.

La jeune femme était immobile, face au bord, uniquement protégée de la chute par une rambarde en fer forgé qui lui arrivait à la taille. Ses bras étaient toujours écartés et son visage, incliné comme une offrande à la ville, une offrande…

Une offrande pour lui ? Pour son salut ?

Poussé par son instinct, il s'approcha d'elle. Il ne distinguait pas son visage mais il éprouvait l'envie irrésistible de voir ses yeux, de plonger dans ses prunelles.

Il attrapa son poignet. Aussitôt, elle se retourna et il retint son souffle.

Ses grands yeux bruns rencontrèrent les siens et son pouls ralentit. Il plongea alors dans son regard et remarqua dans les nuances dorées de ses prunelles quelque chose de primitif, quelque chose de douloureusement proche de la reconnaissance.

Pourtant, il ne la connaissait pas. S'il l'avait déjà vue, il se souviendrait forcément de ces yeux.

La douceur de son corps lui faisait l'effet d'une caresse contre sa peau à vif.

Peu à peu, il prit conscience de sa féminité et, sans qu'il puisse lutter, le mâle en lui se réveilla. Une chaleur sourde s'installa dans ses tripes, descendant jusqu'à son sexe.

Tout à coup, il ne contrôlait plus son corps.

Il détourna son regard et le laissa glisser jusqu'à l'endroit où ses doigts enserraient son poignet délicat. Il sentait son pouls. Il sentait cette pulsation battre sous son pouce. L'envie de laisser son doigt s'y attarder était si claire, si irrésistible, qu'elle le consumait.

Incapable de résister à la tentation, il caressa sa peau. Elle était soyeuse, chaude... Quant à son pouls, il battait à toute allure.

Ses yeux se tournèrent à nouveau vers le visage de la jeune femme. Les lumières de la ville scintillaient et formaient un halo, autour de son beau visage.

— Es-tu réel ?

Sa voix cristalline lui donna la chair de poule. Elle le sortit de la brume qui s'était abattue sur lui après l'enquête et dissipa le brouillard qui l'accompagnait depuis la mort de sa mère.

— Bien sûr que oui, je suis reel.

Il se redressa. Il aurait voulu lâcher son poignet mais ses doigts ne lui obéissaient plus.

— C'est vrai ?

Elle leva les yeux vers lui et il observa ses cils, longs et sombres, qui créaient de séduisantes ombres sur ses pommettes hautes.

Il n'avait jamais remarqué les cils d'une femme, jusqu'à présent.

Sous le choc, sous le charme, il s'immobilisa et serra les mâchoires pour tenter de reprendre ses esprits.

— Suis-je en train de rêver ? murmura-t-il, maudissant son manque de contrôle.

Le moment lui paraissait surréaliste.

— Seulement si je le suis aussi, répondit-elle, attirant son attention sur une lèvre inférieure si rose, si sensuelle, qu'il avait envie de la prendre entre ses dents et d'en tester la plénitude.

Bon sang, que lui arrivait-il ? Il n'était plus lui-même.

— Et toi, es-tu en train de rêver ?

Il l'espérait.

Qu'espérait-il précisément ? Il l'ignorait. Cela faisait des semaines qu'il ne dormait pas et un homme privé de sommeil pouvait facilement perdre la tête, avoir des visions… Et voir par exemple un mirage de chair laiteuse habillée de soie verte, une femme à la bouche si appétissante qu'elle semblait n'attendre que ses baisers.

— Non, répondit-elle en secouant doucement la tête. Je suis réveillée.

La réalité le rappela brutalement à l'ordre et il lâcha le poignet de la jeune femme.

— Es-tu perdue ?

— Non.

Il la dévisagea. Des mèches brunes aussi douces que de la soie caressaient ses joues. Il serra le poing, refoulant l'envie de la toucher. Intimement.

— Qui t'a montré le chemin jusqu'ici ?

— Personne. Je suis arrivée ici par hasard. Je courais…

Il examina sa robe, un peu trop grande pour elle.

— As-tu souvent l'habitude de courir le soir, habillée d'une robe de soirée ?

— Non.

Ses lèvres se soulevèrent, esquissant un séduisant sourire.

— Je voulais être seule. Londres est une ville tellement bruyante. Tout le monde court, crie…

Elle riva son regard au sien.

— J'ai fini par fuir.

N'était-ce pas exactement la raison pour laquelle il était ici, lui aussi ? La raison pour laquelle il n'était pas retourné dans la maison où il avait grandi, en Sicile ? Il s'était enfui de la salle d'audience parce que sa tête était encombrée de trop de souvenirs indésirables, de trop de désespoir.

Ici seulement son esprit commençait à s'apaiser, adouci par les lueurs pétillantes de ses prunelles sombres.

— Et toi, comment es-tu arrivé jusqu'ici ?

Il mourait d'envie de toucher les lignes profondes entre ses sourcils, de les lisser.

— Je connaissais le chemin.

— Et pourquoi as-tu choisi de venir ici ?

À sa grande surprise, les mots se bousculaient tout à coup dans sa gorge. Il n'avait plus envie de mentir, ni de nier son chagrin.

— Pour tenter de faire mon deuil.

— Moi aussi.

— Qui pleures-tu ?

Il voulait vraiment savoir. Il avait envie de comprendre pourquoi, ce soir, le destin avait jugé bon de faire se rencontrer leurs chagrins respectifs.

— Moi-même.

Surpris, il fronça les sourcils.

— Toi-même ?

— Oui.

Sa réponse alluma un sentiment en lui, un sentiment indéfinissable et profondément enfoui.

— Pourquoi ?

— Parce que…

Elle aspira une grande bouffée d'air et il la regarda, comme hypnotisé. Il avait envie de caresser les pointes durcies de ses seins qu'il devinait sous le fin tissu de sa robe. Il avait envie de refermer ses mains sur ses petits seins, de la même taille que ses paumes.

Stop ! Il tenta de se redresser mais, tout à coup, sa veste en cuir était trop lourde sur ses épaules, trop serrée.

— Pourquoi pleures-tu ?

Elle n'était pas là pour qu'il déverse son chagrin sur elle. Elle était là pour elle-même, pour trouver un peu de calme dans une ville qui ne dormait jamais.

Comme lui, finalement.

— Je pleure parce que ce soir, répondit-elle enfin, j'ai compris que la femme que j'ai été poussée à devenir… Ce n'est pas moi.

— Je ne comprends pas.

— La femme que j'aurais pu devenir n'a jamais eu la chance de vivre.

— Comment peut-on faire le deuil de quelqu'un qui n'a jamais vécu ?

— Ce soir, je pleure la femme que j'aurais pu devenir et la vie que j'aurais pu avoir s'ils ne me l'avaient pas refusée, s'ils ne m'avaient pas caché des informations.

— Qui ?

— Peu importe.

Elle cligna des yeux, comme pour refouler son chagrin, avant de le transpercer d'un regard pénétrant.

— Et toi, qui pleures-tu ?

— Ma mère.

Ses yeux noirs se posèrent sur son visage. Ses prunelles brillantes le touchaient, le brûlaient et le troublaient, sans doute à cause de la douceur qu'elles recelaient.

Sa gorge se serra.

Le feu qui rugissait en lui crachait des braises dans l'air frais de la nuit d'hiver et l'air entre eux crépitait.

— Je te présente toutes mes condoléances, reprit-elle.

Il repoussa l'envie de l'attirer à lui, de consoler son chagrin avec le sien et de lui offrir la même tendresse que celle qui brillait au fond de ses yeux.

Il ne méritait pas sa tendresse.

De toute façon, il n'était pas tendre, il ne savait pas l'être.

— Parle-moi de la femme qui aurait pu vivre, dit-il plutôt.

— Non.

— Pourquoi ne veux-tu pas m'en parler ?

Il voulait comprendre cette idée de faire le deuil de quelqu'un qui n'avait jamais existé. Il était perplexe car il ne s'était jamais laissé aller à faire le deuil de la vie qu'il aurait pu avoir.

Voulait-il faire le deuil de la vie qu'il aurait pu avoir avec son père ? Non. Même si son père l'avait reconnu, qui aurait pris soin de sa mère ? Qui l'aurait protégée ?

Elle aussi avait besoin d'amour, comme sa mère.

Une nouvelle vague de culpabilité l'assaillit mais il la refoula. Que savait-il de l'amour ? Rien.

Il n'avait jamais appris à aimer, et il ne voulait pas apprendre. L'amour était un mythe qui n'avait pour but que de rendre vulnérable. L'amour était un mensonge. Son père avait séduit sa mère, une orpheline naïve originaire de la campagne sicilienne partie chercher l'aventure à Rome, où elle était devenue la nounou de ses trois enfants.

Ses demi-frères et sa demi-sœur.

Son père avait mis sa mère enceinte puis, décidé à préserver son monde, il les avait cachés, elle et le sale petit bâtard qui auraient pu briser sa vie bien réglée, si leur existence avait été révélée. Lui promettant de la retrouver plus tard, il avait caché sa mère, et il l'avait oubliée.

L'amour était bel et bien un mensonge.

— Je n'ai pas besoin de te parler d'elle, dit la femme en vert, étouffant la rage toujours prête à exploser en lui, cette femme est là, devant toi. Et toi, veux-tu me parler de ta mère ?

— Non.

Jamais il n'en parlerait. Il voulait bien avouer son chagrin mais partager ses souvenirs ? Hors de question.

— Je ne veux pas en parler, ajouta-t-il, son cœur battant trop fort dans sa poitrine.

Sa gorge était trop sèche.

— Moi non plus.

Le vent se mit à souffler plus fort et il la vit frissonner.

— As-tu froid ? Veux-tu que je te protège du vent ?

— Comment...

Une vague de chaleur se répandit dans ses veines avant de s'installer au fond de ses entrailles.

— Avec mon corps.

Elle se rapprocha de lui, si près qu'il pouvait sentir son corps frissonnant palpiter contre le sien, puis posa sa main sur son torse.

— Comme cela ?

— Crois-tu qu'il soit prudent de jouer avec un inconnu dans le noir ? lui demanda-t-il, le ton amusé mais les mots accusateurs.

Il n'aimait pas ce qui se passait. Le contact de cette femme l'entraînait dans une spirale dans laquelle il ne pouvait plus contrôler ses réactions.

— Je ne joue pas.

— Que fais-tu, alors ?

— Je choisis.

— Que choisis-tu ?

— D'être présente, de vivre le moment présent.

À ces mots, sa tête se mit à tourner. Tout à coup, il se sentait étourdi, envoûté. Il entendait chaque râle de sa respiration, il sentait le bruit sourd de son cœur lorsque sa poitrine se soulevait et s'abaissait.

Il était présent comme il ne l'avait jamais été auparavant.

— Qui es-tu ?

Elle esquissa un semblant de sourire.

— Je ne suis pas sûre de pouvoir répondre à cette question.

Son nom n'avait pas d'importance. Il lui suffisait d'appeler la sécurité de l'hôtel pour être débarrassé de cette intruse. Et il pourrait alors juguler la réaction de son corps. Il pourrait reprendre le contrôle.

Mais, pour être honnête, il mourait d'envie de connaître son nom.

— Tu ne connais pas ton nom ?

— Je connais le nom que l'on m'a donné mais je ne sais pas si la femme qui porte ce nom est la femme qui est ici en ce moment. Je ne sais pas non plus si c'est la femme que je veux être.

— Tu peux refuser de me dire ton nom mais tu seras toujours toi.

Il n'était pas sûr non plus de savoir qui il était, ce soir. Il savait néanmoins, avec une certitude inébranlable, qu'il n'était pas l'homme qui avait quitté un tribunal italien, en jet privé, pour rejoindre Londres. Il n'était plus, non plus, le garçon qui traînait dans une maison en ruine avec une femme qui ne se souciait de rien d'autre que de revoir l'homme qu'elle aimait.

Aujourd'hui, il était devenu un homme, et sa maison était en parfait état.

— Mon nom n'est pas important, reprit-elle en coupant court à son chagrin, à ses regrets. Ce n'est qu'un nom, n'est-ce pas ? Il ne fait pas de moi ce que je suis.

— Non ?

— En tout cas, je refuse que ce soit le cas.

— Pourquoi ? Dans la vie, un nom peut être important.

— La femme que j'étais avant de venir ici, celle qui porte mon nom, dépend trop des attentes des autres et je veux m'en libérer.

— Alors qui est ici, avec moi ?

— Une fille qui ne veut pas rentrer chez elle. Une fille libre, sans contrainte.

Les mots qu'elle prononçait faisaient écho aux couleurs qui teintaient ses joues.

Elle le désirait.

— Où veux-tu aller, *piccolina* ?

Elle prit une profonde inspiration avant de reprendre :

— J'ai une chambre...

Il regarda sa gorge se contracter.

— As-tu envie d'y retourner ?

Ses joues s'empourprèrent.

— Oui, si c'est avec toi.

À ces mots, un désir puissant d'effacer toute distance entre eux l'envahit. Il ne pensait plus qu'à presser sa poitrine contre la sienne, qu'à être nu contre elle, qu'à sentir les pointes tendues de ses petits seins s'écraser contre son torse.

— Je suis un étranger pour toi.

Il était également un étranger pour lui-même.

— L'anonymat est source de liberté et ce soir, je veux être libre. Je veux me libérer.

— Te libérer de quoi ?

Il n'avait jamais été libre d'agir de façon impulsive ou de suivre ses désirs sans réfléchir. Son travail consistait à protéger et à contrôler.

— Pour une fois, juste une fois, je veux agir et ne pas penser, lui expliqua-t-elle avec douceur. Je n'ai pas envie que l'on me dise ce que je dois faire, ou ne pas faire. Je ne veux pas être avertie des conséquences potentielles. Je ne veux pas entendre à quel point je suis idiote de vouloir quelque chose.

— Dis-moi, de quoi as-tu envie ?

— J'ai envie de toi et…

Elle posa la paume de sa main délicate sur sa joue. Aussitôt, les flammes se mirent à crépiter en lui.

— Et j'ai envie de t'embrasser.

Ses yeux plongèrent dans les siens. Elle était consciente de son désir et le mettait au défi de céder, de renoncer à son contrôle, il le voyait.

Le désir et la rage s'affrontant en lui, il ferma les yeux et lutta contre l'envie de l'attirer à lui, dans sa chaleur. Il avait besoin de sa permission, pour pouvoir perdre le contrôle.

— Veux-tu que je t'embrasse ?

2

— Oui, confirma Flora. Je veux que tu m'embrasses.

Elle ravala son envie de lui dire qu'elle n'avait jamais été embrassée, qu'elle n'avait jamais été touchée. Cela avait-il de l'importance ? En tout cas, elle ne voulait pas que cela en ait, pas pour elle, pas pour lui. Ce soir, elle voulait que rien d'autre ne compte que leur connexion inédite, leur incroyable alchimie.

Un frisson la parcourut.

— Tu as froid, remarqua-t-il.

Il se débarrassa de sa veste avant de faire glisser le cuir sur ses épaules. Elle s'accrocha aux revers puis serra la veste autour d'elle. L'odeur du cuir et la chaleur de son corps s'infiltrèrent aussitôt en elle.

La gorge nouée par l'émotion, elle rassembla son courage.

— Je n'ai jamais... Je n'ai jamais embrassé personne.

Après cet aveu, elle s'attendait à se sentir vulnérable, ou embarrassée, mais ce ne fut pas le cas. Au contraire, elle se sentait plus forte, plus excitée encore.

Elle aurait pourtant dû être horrifiée, ce n'était pas ainsi qu'elle avait été élevée, qu'elle avait appris à gérer ses sentiments, ses désirs. Pourtant, elle ne s'était jamais sentie aussi assurée qu'à cet instant, à assumer pleinement son désir pour ce bel étranger. Il était si séduisant...

Son cœur tressaillit lorsqu'elle laissa son regard s'attarder sur ses larges épaules enveloppées dans une chemise noire. Il en avait relevé le col, attirant son attention sur les boutons ouverts, sur son cou bronzé. Quelques poils noirs suggéraient une mince toison qu'elle rêvait de caresser.

Elle baissa les yeux vers sa ceinture. Il portait un pantalon de costume sombre qui épousait parfaitement les muscles élancés de ses cuisses et ses hanches minces.

— Veux-tu que je t'embrasse ? lui demanda-t-il, et ses yeux se portèrent à nouveau sur son visage.

Elle ouvrit la bouche. Tout à coup, l'air avait un goût de poudre et de feu de joie. Il l'enivrait.

Elle n'avait pas l'habitude d'agir de façon impulsive, ce n'était pas ainsi que ses parents lui avaient appris à se comporter. Pourtant, elle ne se sentait pas nerveuse. Le besoin irrépressible de toucher, et d'être touchée, l'empêchait d'avoir le moindre doute.

— Oui.

Ses yeux se dirigèrent à nouveau vers sa bouche sensuelle.

— Je veux que tu m'embrasses.

Elle était sûre d'elle car peut-être ne retrouverait-elle plus jamais une telle connexion. Peut-être ne connaîtrait-elle plus jamais une réaction aussi brute, aussi animale, devant un homme.

— Je veux que tu sois mon premier.

Des lueurs éclairèrent soudain ses iris sombres mais il ne commenta pas son aveu.

— Je vais commencer par ta bouche, dit-il plutôt.

Charmée, elle passe sa langue sur sa lèvre inférieure.

— Par où d'autre commencer ?

— Il y a de nombreuses façons d'embrasser, *piccolina*. Veux-tu que je te montre ?

— Oui.

Ce soir, elle dirait oui à toutes ces choses qu'elle savait ne pas devoir faire.

Elle ferma les yeux et un frisson d'anticipation l'envahit. Son pouls s'accéléra, sa respiration s'emballa. Tout à coup, chacune de ses terminaisons nerveuses était tendue, à vif.

Elle aurait dû se sentir ridicule, dans sa robe de bal d'occasion, mais ce n'était pas le cas. Elle se sentait… regardée. Elle se sentait désirée comme elle ne l'avait jamais été, désirée pour elle-même, la femme qu'elle osait être ici.

Ses mains glissèrent jusqu'à sa nuque, l'attirant plus près de son corps puissant et elle n'ouvrit pas les yeux. Elle se contenta de ressentir et de savourer les sensations, la pression de ses pouces sur son visage, la douceur de ses paumes contre sa gorge, la chaleur de sa poitrine contre la sienne, le murmure épicé de son souffle contre ses lèvres.

Lorsqu'il captura enfin sa bouche avec la sienne, le tonnerre se mit à résonner en elle et des feux d'artifice explosèrent partout sur sa peau. Ses lèvres étaient comme de la soie contre les siennes. Douces, mais fermes. Douces, mais exigeantes.

Sous le charme, sous le choc, elle s'abandonna.

Un son jaillit de ses lèvres, comme un gémissement, lorsqu'il insinua sa langue dans sa bouche. L'imitant, elle fit danser sa langue contre la sienne et laissa son goût puissant l'enivrer.

Oubliant peu à peu sa timidité, elle pressa ses lèvres contre les siennes et l'embrassa avec gourmandise. Instinctivement, elle écrasa ses hanches contre lui et le sentit durcir.

Il détacha soudain sa bouche de la sienne et l'approcha de son oreille.

— Quelqu'un t'a-t-il déjà embrassée ici ? lui demanda-t-il dans un murmure.

Son souffle chatouillait sa peau, il l'électrisait.

— Non.

Une chaleur sourde lui parcourait l'estomac, s'intensifiant à mesure qu'il déposait une nuée de baisers coquins sur sa peau.

— Aimerais-tu que je le fasse ?

— S'il te plaît.

Prenant son visage en coupe, il partit à la découverte de son cou, millimètre par millimètre, alternant baisers gourmands et coups de langue sensuels.

Comme par magie, elle se mit à haleter. Tout à coup, elle avait chaud. Elle bouillait.

— Oh…

Il aspira sa peau dans sa bouche, plus fort, plus profondément et sa température monta en flèche. Sa respiration se fit plus rapide, son cœur se mit à battre plus vite. Elle était en feu.

Impatiente, elle agrippa ses épaules.

— S'il te plaît…

— Plus ?

— S'il te plaît !

Peu importait si elle le suppliait, elle n'avait pas honte.

Ses mains puissantes se déplacèrent langoureusement sur son corps et trouvèrent ses seins. Il les palpa, les enveloppa, avant d'en effleurer les pointes qui se tendirent aussitôt.

Elle n'était plus qu'une boule de sensations.

Tous les sens en éveil, elle pressa ses cuisses l'une contre l'autre pour tenter d'endiguer la vague brûlante qui l'envahissait, si forte qu'elle était presque douloureuse.

— Plus. Plus !

Il ne lui refusa pas ce qu'elle demandait.

Il baissa le haut de sa robe et exposa ses seins à l'air frais de la nuit. Quelques secondes plus tard, la chaleur de sa bouche était sur elle.

— Oh ! mon Dieu ! cria-t-elle, son corps palpitant, vibrant, tandis qu'il suçait de plus en plus fort.

Il passa sa langue sur son mamelon et la douleur entre ses jambes s'intensifia. Elle n'était plus en état de penser.

Délaissant son sein, il remonta le long de sa gorge et reprit possession de ses lèvres avec une intensité inouïe, comme s'il s'agissait d'une question de vie ou de mort.

Il glissa ensuite sa main dans la fente de sa robe, effleura l'intérieur de sa cuisse du bout des doigts et un gémissement jaillit de sa gorge. Ses caresses l'électrisaient. Il était en train de lui faire perdre la tête.

Il la fit reculer, pas à pas, jusqu'à ce que son dos rencontre un mur. Oubliant toute retenue, elle écrasa ses seins nus et tellement sensibles contre lui. Pour la première fois, elle se sentait libre. Libérée.

Il rompit le baiser. Sa respiration était aussi saccadée que la sienne.

— Pas ici, murmura-t-il.

— Mais...

Elle avala les mots qu'elle avait sur la langue, le désir de se déshabiller sous les étoiles et de pousser son corps contre le sien était trop impudique pour être exprimé à voix haute.

— Mais quoi ?

Elle le regarda, lui, l'homme qui avait allumé tous ses sens mais ne lui avait offert que de la douceur, l'homme qui la fixait comme si elle était le seul être vivant de l'univers.

Elle partageait un moment unique avec un inconnu et pourtant, elle n'avait jamais eu à ce point l'impression d'être elle-même, d'être honnête avec elle-même.

Et elle ne voulait pas cesser d'être honnête.

Le vide qu'elle percevait dans son cœur n'était pas pour la mère qu'elle ne connaîtrait pas, mais pour cette partie d'elle-même qu'elle n'avait jamais eu l'occasion d'explorer jusqu'à présent.

— Ne t'arrête pas de m'embrasser.

— Alors je ne m'arrêterai pas.

Un sourire lascif se dessinait sur ses lèvres sensuelles et elle avait envie de lui demander pourquoi il souriait mais elle n'était plus en état. Cet homme qui l'avait embrassée l'avait ensorcelée.

Pour toute réponse, elle se contenta alors de hocher la tête. Impossible d'articuler le moindre mot.

Il déposa de nouveaux baisers sur sa gorge, entre ses seins, sur son ventre puis il s'agenouilla et écarta la fente de sa robe, dévoilant sa culotte de coton blanc.

Doucement, il la caressa à travers le tissu et son intimité se mit à palpiter plus fort. Elle s'accrocha à ses épaules pour ne pas vaciller.

— S'il te plaît…

Sa bouche experte se posa sur la partie d'elle qui avait le plus envie de lui. L'intensité était si proche de la douleur la plus douce qu'elle ne pouvait rien faire d'autre que d'ouvrir la bouche et d'essayer de respirer. Elle était à bout de souffle. Elle avait le vertige, sa tête tournait.

— Ah…

Elle s'arc-bouta contre le mur, ferma les yeux et s'accrocha aux revers de sa veste.

Il descendit enfin sa culotte et son cœur se mit à pétiller.

Envoûtée, elle se cambra un peu plus tandis qu'il donnait des coups de langue coquins le long de son intimité. Puis il enfonça sa langue en elle et, magiquement, tout ce qu'elle croyait savoir sur son corps ou sur le plaisir fut anéanti, réduit en poussière.

Elle se mit à haleter de plaisir.

Peu à peu, ses caresses et ses baisers se firent plus rapides, plus implacables et elle le laissa la guider vers un endroit dont elle ignorait l'existence.

Plus les minutes passaient et plus elle sentait la tension monter dans son corps. Elle était en feu. Elle allait exploser.

Il se redressa soudain, reprit possession de sa bouche tandis qu'il glissait un doigt en elle, et son monde se transforma en feux d'artifice.

Il la laissa hurler son extase dans la nuit veloutée jusqu'à ce qu'elle n'ait plus de force.

Lorsqu'elle rouvrit les yeux, il remit sa culotte en place, puis sa robe, avant de river son regard au sien.

Son pouls battait à une allure folle parce que son regard sombre faisait écho à ce qu'elle savait déjà, cette intensité partagée sous les étoiles n'était qu'un début.

Il recouvrit ses seins nus et elle le laissa envelopper son corps tremblant de son parfum, de sa chaleur. Elle le dévisagea, lui, cet homme qu'elle avait laissé toucher son corps et réclamer sa bouche. Hors de question de retourner dans sa chambre maintenant. Elle avait besoin de lui. Tout de suite.

— Prends-moi ici, le supplia-t-elle. Prends-moi maintenant.

Elle s'accrocha à lui et essaya de ramener sa bouche sur la sienne mais il esquiva ses lèvres et s'empara plutôt du point sensible derrière son oreille.

— J'ai un endroit, dit-il, et d'un geste de la main, le noir du mur derrière elle devint translucide.

Des lumières se mirent à briller là où elles ne brillaient pas quelques minutes auparavant.

— C'est une baie vitrée ?

— Oui.

— C'est de cette façon que tu m'as vue ? lui demanda-t-elle, en découvrant ce qui se cachait derrière la vitre, découvrant que la ville recélait bien plus de secrets que les seules circonstances de sa naissance.

Il s'agissait d'une chambre, ou plutôt d'une suite.

— Tu veux entrer ?

— Oui.

Son estomac se resserra. Une sensation de tension s'insinua entre ses jambes. Son intimité était brûlante, humide. Son monde avait pris feu et la consumait. Tout ce qu'elle avait connu et aimé était remis en question, ou avait disparu. Elle ne pleurait pas la mère qu'elle n'avait jamais connue, ni la vie qu'elle avait eue avant d'apprendre qu'elle avait été adoptée. Parce qu'elle avait été heureuse. Non, elle pleurait tous les moments qu'elle aurait pu vivre si elle avait pris ses propres décisions, si elle avait eu le courage de s'opposer aux peurs irrationnelles de ses parents.

Pendant vingt et un ans, ils l'avaient façonnée pour faire d'elle la fille dont ils rêvaient. Elle n'avait pas eu le droit de faire des erreurs. Elle n'avait pas eu le droit d'être autre chose que la fille parfaite qu'ils désiraient.

Mais elle, que désirait-elle ?

Elle désirait ceci. Elle le désirait, lui.

Décidée, elle franchit le seuil.

— Quel est cet endroit ?

Il ne ressemblait en rien à la chambre qu'elle louait quelques étages plus bas. Celle-ci était plus belle, plus richement meublée, plus luxueuse.

— C'est ma chambre.

— Elle est magnifique.

Un hall d'entrée spacieux et habillé de marbre menait à un salon orné de splendides tapis de soie. Des canapés moelleux et des fauteuils à haut dossier entouraient des statues taillées dans la pierre noire, tandis que de majestueuses lampes et de grands miroirs suggéraient un couloir menant à d'autres pièces.

— C'est... magique.

Ce soir, sa place était ici. Aucun réveil pour la traite du matin, aucune routine à respecter. Ce soir, elle n'était pas une ouvrière agricole, elle n'était pas la fille abandonnée d'une toxicomane. Ce soir, elle était anonyme et libre d'explorer l'inexploré, libre de laisser vivre la femme à qui l'on n'avait jamais donné la parole, la femme que l'on n'avait jamais autorisée à être autre chose que raisonnable.

Sûre d'elle, elle se tourna vers lui.

— Y a-t-il une chambre à coucher ?

Il acquiesça d'un signe de la tête.

— Veux-tu m'y conduire ?

Lorsqu'elle rentrerait chez elle, à la ferme, lorsqu'elle reprendrait son nom, le souvenir de cette nuit serait son secret.

— Je peux ? lui demanda-t-il en prenant sa main. Si tu ne veux pas, tu peux partir...

D'un signe de la tête, il lui indiqua la porte dérobée par laquelle elle était entrée, de l'autre côté de la terrasse.

— Oui, tu peux prendre ma main.

Il tourna sa paume vers le haut et la lui tendit comme une offrande.

Il lui demandait de faire un choix.

Choisir, n'était-ce pas ce qu'elle avait toujours voulu ?

Ce soir, il l'avait choisie. Il avait choisi la femme qu'elle était alors et elle mourait d'envie de profiter du moment entre eux, de transformer leur chagrin en passion.

Décidée, elle glissa ses doigts entre les siens.

Son emprise était douce et forte à la fois.

Il la guida dans un long couloir jusqu'à une porte qu'il poussa pour révéler une chambre splendide, et un lit à baldaquin si grand, qu'il monopolisait presque tout l'espace.

Ce soir, elle n'aurait pas de regrets. Demain, elle rentrerait chez elle et se souviendrait des doutes et de la douleur. Mais en attendant, elle allait profiter de chaque instant.

Il lui fallut tout le contrôle qu'il lui restait pour ne pas lâcher sa main, pour ne pas s'emballer, pour ne pas se perdre dans sa douce confiance.

Avec grâce, elle continua à marcher vers le lit, toute menue sous sa veste trop grande qui cachait le creux de sa colonne vertébrale que ses doigts avaient caressé, encore et encore, lorsqu'il avait attiré ses hanches sur sa bouche.

Elle était devenue sa responsabilité. Ce soir, il était de sa responsabilité de la protéger, d'être doux, de faire en sorte que sa première fois soit la plus agréable possible.

Il ne devrait pourtant pas être son premier.

Il n'était pas tendre, d'habitude.

Il s'arrêta, l'empêchant d'atteindre le lit.

— *Piccolina...*

Elle se tourna vers lui et son avertissement mourut dans sa bouche lorsqu'elle lâcha sa main et laissa tomber sa veste au sol.

Son regard sombre l'hypnotisait, il l'envoûtait, l'implorant d'oublier tout sauf le désir qui enflammait ses pupilles et les faisait briller juste pour lui.

Elle attrapa les bretelles qui enserraient le haut de ses bras et les fit descendre jusqu'à ses poignets, libérant ses seins. Ses doigts poussèrent ensuite la robe au-delà de sa taille, de ses hanches, la firent glisser le long de la blancheur crémeuse de ses cuisses et atterrir à ses pieds, avec sa veste. Sans jamais le quitter du regard, elle fit ensuite descendre sa culotte jusqu'à ses chevilles.

Nue, elle recula et l'arrière de ses jambes buta contre le matelas. Elle s'assit.

Il avala tant bien que mal sa salive. Tout à coup, l'air lui manquait. Impossible de respirer, impossible de reprendre son souffle alors qu'elle était devant lui, nue, et qu'elle s'offrait à lui.

Elle écarta les genoux, dévoilant à son regard le triangle sombre entre ses jambes qui luisait à l'endroit où sa bouche l'avait goûtée.

— Fais-moi l'amour.

Comme un coup de baguette magique, ses mots l'ensorcelèrent. D'un geste, il retira sa chemise puis se débarrassa de son pantalon et de son caleçon.

— Répète-le, lui demanda-t-il, ignorant la voix dans sa tête qui lui ordonnait de l'informer qu'il ne s'agissait pas d'amour.

Elle ne savait pas ce qu'était l'amour. L'amour brûlait. L'amour faisait mal. Lui, par contre, ne lui ferait pas de mal. L'espace d'une soirée, il allait adorer chaque centimètre du corps qu'elle lui offrait.

Des idées osées plein les yeux, il la dévora du regard. Ses seins étaient ronds, ses mamelons tendus, si tendus même qu'il avait l'impression qu'ils réclamaient sa bouche, sa langue.

Malgré tout, il attendit. Il attendit son signal.

Ses yeux bruns se firent peu à peu plus noirs, plus brillants. Son cou s'arqua, révélant la délicatesse de sa gorge. Ses cheveux bruns formaient un halo sur l'oreiller contre lequel il voulait l'écraser. Il voulait trouver sa bouche et la prendre. Il voulait la posséder. Tout de suite.

Envoûté, il la regarda serrer la couette blanche entre ses doigts.

— Fais-moi l'amour, répéta-t-elle.

Il n'avait plus qu'une envie, se glisser entre ses jambes et se noyer dans la volupté. Le dernier soupçon de lucidité qui lui restait l'empêchait cependant de bouger.

Il devait se protéger.

S'agenouillant, il attrapa alors son portefeuille dans la poche de sa veste et en sortit un petit paquet argenté. Sans jamais la quitter des yeux, il déroula le latex sur son sexe en érection.

— Tu es...

— Je ne te ferai pas de mal, lui promit-il, avant de pouvoir s'en empêcher.

Il ne faisait pas de promesses, d'habitude. Jamais. Mais devant son corps offert, il n'avait plus aucune maîtrise. Ni sur sa bouche. Ni sur son corps. Aucun contrôle.

Mû par un désir intense, il s'insinua entre ses jambes et saisit sa cuisse pour placer son mollet sur le bas de son dos tandis que ses doigts délicats effleuraient sa mâchoire. Incapable de résister à la tentation, il plongea dans ses yeux avant de se positionner contre son intimité.

— Maintenant... Aime-moi maintenant.

D'un seul coup de reins, il la pénétra, franchissant la barrière de son intimité sans grande résistance.

Puis il s'immobilisa. Pourtant, tous les muscles de son corps étaient tendus, attendant qu'il se retire pour s'enfoncer à nouveau en elle.

Elle ne le quitta pas du regard.

— Je vais bien, le rassura-t-elle. Je n'ai pas mal mais j'ai besoin que tu bouges. J'ai envie que tu...

Comme s'il n'attendait que son autorisation, il se mit à bouger, lentement, avant d'augmenter son rythme à chaque coup de reins. Elle ne détourna pas le regard et lui non plus. Tout en elle l'ensorcelait, ses yeux écarquillés, sa bouche haletante, son innocence... À chaque coup de reins, elle se cambrait un peu plus, l'invitant encore plus profondément en elle. L'ensorcelant un peu plus.

— Plus fort, cria-t-elle.

Il lui saisit les hanches et accéléra ses va-et-vient.

La chaleur intense qui émanait d'elle les emprisonnait dans une bulle de désir, dans une bulle de plaisir.

— Je...

Elle aussi le sentait. Le désir. La pression. Le plaisir.

— Oh... Oh... Oh ! répétait-elle à chaque coup de reins.

Il accéléra encore, jusqu'à ce qu'il n'en puisse plus, puis il explosa.

Il s'abandonna dans sa douceur, ses soupirs de satisfaction se mêlant aux siens.

— Merci d'avoir été mon premier.

Il avait été son premier mais il ne serait pas son dernier !

— Je ne savais pas, poursuivit-elle. Je ne savais pas que l'amour pouvait être comme cela, aussi... instinctif.

— Instinctif ? Le sexe n'est pas instinctif. Il faut apprendre à connaître son amant.

— Mon corps savait ce qu'il voulait et...

Elle secoua la tête, un sourire timide illuminant ses joues rougies.

— Rien d'autre n'a compté ? finit-il pour elle.

— Exactement, répondit-elle et elle se pressa contre lui, lui offrant une nouvelle fois sa bouche.

Il laissa leurs lèvres se rencontrer et ferma les yeux.

Il ne méritait pas sa gratitude.

Il n'avait pas l'habitude de se déshabiller aussi vite qu'un adolescent. Il ne couchait pas avec des vierges. Il faisait juste l'amour, rien de plus.

Il rompit le baiser et sortit du lit. Il avait besoin d'un instant loin d'elle. Juste un instant.

Il referma la porte de la salle de bains derrière lui et, tout à coup, se mit à haleter. Il ferma les yeux et s'adossa à la fraîcheur du mur jusqu'à recouvrer ses esprits, jusqu'à ce que la chaleur et son parfum sur sa peau ne soient plus aussi forts, aussi envoûtants.

Au bout de quelques secondes, il ouvrit les yeux et baissa la tête.

Zut ! Le préservatif était déchiré. Que s'était-il passé ?

Tous les muscles de son corps se tendirent. Son cerveau lui

cria que l'histoire se répétait. Une jeune femme innocente, une aventure d'un soir, un bébé...

Avant qu'il ne puisse les arrêter, des souvenirs qui n'étaient pas les siens défilèrent dans sa tête, les souvenirs de cette histoire que sa mère lui avait racontée des centaines de fois, celle d'une fille en quête d'aventure qui avait trouvé l'amour dans un endroit où elle n'aurait pas dû.

Elle était exactement comme sa mère, avant que son amour interdit ne prenne fin à cause d'un bébé. À cause de lui. Il était la raison pour laquelle son père avait abandonné sa mère.

Aujourd'hui, il ne causerait pas le malheur d'une autre femme. Hors de question.

Décidé, il jeta le préservatif dans la poubelle et sortit de la salle de bains.

Il fallait qu'il règle le problème tout de suite. Il devait à tout prix la protéger.

Il retourna dans la chambre et s'arrêta net. Elle n'était plus là.

Nu, il traversa le couloir et se dirigea vers le salon. Il alluma toutes les lampes, ouvrit toutes les portes. Il ne s'arrêta qu'un instant pour enfiler des sous-vêtements avant de se précipiter sur la terrasse.

Elle avait disparu.

Il courut jusqu'à l'ascenseur au bout du couloir et appuya sur le bouton. Son instinct lui dictait d'aller frapper à toutes les portes, de réveiller tous les clients pour la retrouver. Il se retint cependant.

Lorsque l'ascenseur arriva enfin, il se précipita à l'intérieur et appuya sur les boutons. Tous les boutons.

Perdu, il se passa une main dans les cheveux. Si elle avait une chambre... Si elle était encore dans l'hôtel... il la trouverait. Il fallait à tout prix qu'il lui dise.

À chaque arrêt de l'ascenseur, il sortait, examinait les couloirs silencieux. Le vide résonnait si fort qu'il en avait mal aux oreilles.

Les portes de l'ascenseur retentirent pour la dernière fois et s'ouvrirent sur une salle de réception vide.

À grands pas, il se dirigea jusqu'au centre du foyer. Il leva la tête vers le lustre, et le plafond en verre teinté, et prit conscience de l'immensité de l'hôtel.

Son hôtel. Vingt étages. Quatre cent trente-sept pièces. Quinze autres pièces cachées, attenantes à des escaliers et des sorties secrètes. Peut-être des centaines d'occupants dans tout l'hôtel...

Il avait envie de rugir, de crier, d'appeler cette femme qui portait peut-être un morceau de lui en elle. Malheureusement, il ne connaissait pas son nom.

L'image d'un garçon d'à peine cinq ans lui vint à l'esprit, un petit garçon mis à la porte de sa maison par sa mère parce qu'elle ne voulait pas de lui, parce qu'elle ne l'avait jamais désiré. Seul et effrayé, le petit garçon était alors parti, convaincu qu'il ne pourrait jamais rendre heureuse sa mère.

Son enfant à lui ne serait jamais indésirable.

Il serait toujours conscient de qui il était et d'où il venait.

Son enfant ne ferait pas que survivre, il s'épanouirait, grâce à son nom et à l'empire qu'il avait construit autour de lui. Il serait protégé.

Du moins, si elle était enceinte.

Quoi qu'il en coûte, quel que soit le temps nécessaire, il la retrouverait. Il s'en faisait la promesse.

3

Six semaines plus tard...

Raffaele saisit les commandes de son appareil et observa le paysage au loin, un patchwork de verts séparés par les ombres noires des arbres courbés par les vents. Depuis son hélicoptère, la campagne anglaise offrait un magnifique spectacle souligné par les doux rayons du soleil.

Six semaines déjà que cette jeune femme occupait son esprit. La retrouver avait été plus difficile que prévu, elle n'avait pas utilisé son vrai nom pour réserver sa chambre d'hôtel. Elle avait utilisé son nom de naissance.

Flora Campbell.

Abandonnée à l'âge de quatorze semaines, elle avait vécu dans un orphelinat jusqu'à ce qu'un couple d'agriculteurs l'adopte et l'emmène dans sa ferme située à la lisière d'un village ne comptant que quelques centaines d'habitants.

De son côté, il avait grandi dans un village isolé, à l'est de la Sicile. Un village trop éloigné des villes côtières pour attirer les touristes et trop sauvage au goût des urbains.

Là-bas, les habitants avaient l'habitude de voir un jeune garçon se promener seul la nuit. La rumeur disait que si ce garçon – dont la mère vivait dans la maison au sommet de la colline et racontait qu'un comte viendrait la chercher dès qu'il aurait quitté sa femme – sortait à la nuit tombée, c'était qu'il cherchait de quoi manger. Ils le renvoyaient alors chez lui avec quelques fruits ou un morceau de fromage.

Ce garçon vivait avec une femme si profondément enfoncée dans la dépression qu'elle n'était pas en état de s'occuper de lui, alors sans ces villageois…

Oui, la générosité des habitants lui avait rempli le ventre lorsque la réserve d'argent cachée sous le lit s'était tarie, mais il avait toujours été un paria. Il avait toujours été obligé de ne compter que sur lui-même. Et il s'en était très bien sorti tout seul.

Il avait patiemment économisé afin de lancer son premier projet de rénovation, une maison abandonnée du village qu'il avait démontée brique par brique, remontée et restaurée. Il avait ensuite posté des photos sur Internet, priant pour que les touristes viennent et parlent de sa rénovation.

Quelque temps après, il avait vendu cette maison puis avait recommencé l'opération, encore et encore, jusqu'à ce que l'homme-orchestre devienne une équipe, une entreprise puis aujourd'hui un conglomérat international valant plusieurs milliards de dollars.

Stop. Il n'avait pas le temps d'y penser maintenant.

En fait, chaque fois qu'il avait tenté de fermer les yeux depuis cette fameuse nuit à Londres, ce n'était pas le visage de sa mère qu'il avait vu, c'était celui de Flora Campbell.

Celui de Flora Bick, devrait-il plutôt dire.

Impatient, il immobilisa l'hélicoptère au-dessus d'un champ tacheté de neige. Ses enquêtes lui avaient révélé plus que son nom d'adoption. On lui avait donné son adresse, les habitudes de la ferme… Il savait donc quels champs étaient plantés de choux ou de navets, quels pâturages étaient destinés au bétail… Mais, pour être honnête, tout cela ne l'intéressait pas. Il voulait juste savoir où il pouvait atterrir en toute sécurité.

Il reconnut enfin le champ sur lequel il avait marqué un X, sur la carte, et posa son hélicoptère.

Enfin ! Depuis six semaines, il n'attendait que ce moment.

Aujourd'hui, il allait enfin la retrouver et cette fois-ci, elle ne s'enfuirait pas.

Si elle était enceinte, il n'aurait qu'une option, se lier à elle par le mariage, pour le bien de son enfant.

Flora laissa échapper un long soupir de lassitude. Elle était épuisée.

Depuis six semaines, elle avait retrouvé la routine de la ferme. Sa vie avait repris son cours normal, comme si sa nuit magique à Londres n'avait jamais eu lieu.

Par contre, son corps n'avait pas oublié. Son corps se souvenait de tout, de chaque détail.

L'espace d'une nuit, elle avait été libre. Avec cet homme, elle n'avait pas été une ouvrière agricole, ni la fille abandonnée d'une toxicomane. Elle avait été une simple femme, une femme libre d'explorer ses désirs, alors qu'avant elle n'avait jamais eu la parole, elle n'avait jamais parlé sans réfléchir de peur de blesser ceux qui l'aimaient.

Cet homme ne la connaissait pas, il ignorait jusqu'à son nom. Sa nature compulsive ne pouvait donc pas le blesser.

Par contre, s'écarter du scénario qu'elle suivait à la lettre depuis son adoption, et laisser libre cours à l'intensité de ses sentiments, l'avait submergée. Alors elle s'était enfuie. Elle était retournée à sa vie, à ce qu'elle connaissait. Parce qu'elle n'était pas cette femme. Pas dans la vraie vie. Pas maintenant que la brume du plaisir s'était dissipée.

De toute façon, elle ne savait pas comment être cette femme.

L'idée de rester plus longtemps dans son lit et de lâcher la bride à ses désirs l'avait terrifiée mais il avait réveillé son corps, et son corps ne pouvait pas oublier le changement qu'il avait provoqué en elle. Depuis leur corps-à-corps, elle se sentait… limitée, corsetée. Elle étouffait.

Un son sourd résonna soudain à ses oreilles.

Elle connaissait tous les bruits de la ferme. Le bourdonnement de la salle de traite, le meuglement des vaches, le vrombissement des tracteurs… Quel était ce bruit ? Il se rapprochait et devenait de plus en plus fort mais elle ne le reconnaissait pas.

Elle enleva ses gants en caoutchouc, les posa sur l'égouttoir et, curieuse, sortit.

Elle se posta dehors, la ferme dans son dos, l'allée en pierre menant aux champs devant elle, et aperçut une silhouette.

La silhouette s'approcha et, au bout de quelques secondes, elle reconnut un homme en costume noir.

C'était lui.

Sous le choc, elle se mordit la lèvre.

Sous son pull en laine, la chair de poule la gagna et elle déglutit tant bien que mal.

Pourquoi était-il ici ? Il n'avait rien à faire à la ferme ! Malgré tout, l'excitation l'envahit et son pouls s'accéléra.

Il l'avait donc retrouvée… Pourquoi ?

Il s'arrêta devant elle, emplissant l'air de son parfum musqué, profondément masculin. Un parfum unique, envoûtant.

Elle le dévisagea. Elle le trouvait différent, aujourd'hui, comme engoncé dans son costume.

— *Piccolina…*

Ce mot… Elle n'en connaissait pas la signification mais c'était celui qu'il lui avait donné. Un nom inconnu pour une femme temporaire.

Sauf qu'elle n'était plus cette femme. Elle était Flora Bick, la fille d'un couple d'agriculteurs, une enfant adoptée, un bébé miracle sauvé des excès de sa mère biologique.

— Comment m'as-tu retrouvée ?

— Tu ne voulais pas que je te retrouve ?

Elle observa les coutures de sa veste se gonfler sous la tension de ses muscles en mouvement.

Elle rêvait de les toucher.

Elle serra les poings pour s'empêcher de tendre la main.

— Nous avions dit « pas de nom », lui rappela-t-elle alors que des flashs de la femme qu'elle avait été avec lui revenaient à sa mémoire.

Elle se revoyait glissant les bretelles de sa robe, se présentant nue devant lui...

Stop ! Ce n'était pas la femme qu'elle avait été formée à être. Elle n'était pas spontanée, elle n'écoutait pas ses désirs. Elle obéissait, elle se tenait exactement là où on lui disait de se tenir, de s'asseoir, de manger... Oui, à Londres, elle avait été une autre femme mais ces deux femmes ne pouvaient pas coexister.

— Nous nous sommes dit beaucoup de choses, reprit-il, interrompant ses réflexions. Mais la situation a changé.

Curieuse, elle le dévisagea, s'attardant sur ses joues rasées de près.

— Rien n'a changé.

Rien n'avait changé pour elle. Leur rencontre avait été une simple parenthèse hors du temps, hors de sa vie.

— Non ? s'étonna-t-il.

Elle plongea dans ses yeux. Ses prunelles étaient si flamboyantes qu'elles l'enflammaient. Elles réveillaient tous ses sens.

Son cœur battant la chamade, elle secoua la tête.

— Non, rien n'a changé.

Après avoir quitté Londres, elle était retournée à sa vie, à sa routine. Ici, elle ne pouvait être qu'une seule femme, la personne que ses parents voulaient qu'elle soit.

La seule personne qu'elle savait être.

— Rien ? insista-t-il.

Curieuse, elle riva son regard au sien.

Une telle confiance émanait de lui, qu'elle ne pouvait s'empêcher de penser qu'il savait quelque chose qu'elle ignorait.

Tremblante, elle retint son souffle.

En fait, quelque chose avait bel et bien changé. Dans un monde où elle n'était pas autorisée à garder un secret, elle en avait désormais un.

La nuit qu'elle avait passée avec lui avait été un hommage

érotique interdit à son ADN, à la partie d'elle-même qu'elle ne pouvait pas laisser vivre. Mais hors de question d'accorder à cette partie d'elle plus de liberté qu'une nuit, que quelques heures. Hors de question que son désir la consume de la même façon qu'il avait consumé sa mère.

— Comment m'as-tu retrouvée ? lui demanda-t-elle, ignorant son envie de lui demander pourquoi il avait cherché à la retrouver.

Elle n'avait laissé aucune trace de Flora Bick. Elle s'était enregistrée à l'hôtel sous son nom de naissance et avait laissé Flora Campbell à Londres.

Et pourtant, il était là, chez elle, et son charisme était tel qu'il l'ensorcelait, faisant remonter à sa mémoire les images du moment qu'elle avait partagé avec lui.

Elle réprima le frisson qui menaçait de parcourir sa peau et serra les poings plus fort. Elle avait peur de tendre la main, de le toucher et de perdre la tête.

— Je trouve toujours tout, répondit-il, coupant court à ses pensées et ramenant son regard sur le sien.

Il fit un pas vers elle, réduisant l'espace qui les séparait, lui volant l'air qu'elle essayait d'inhaler, l'ensorcelant, l'hypnotisant.

— Je chasse, ajouta-t-il d'une voix rauque.

— Je ne suis pas un animal !

Ces mots la terrifiaient et l'excitaient en même temps. Ces mots réveillaient son désir, ils déclenchaient en elle une faim instantanée d'être revendiquée, d'être retrouvée.

— Tu ne peux pas chasser des êtres humains.

— Et pourtant, je suis là. Je t'ai suivie à la trace.

Il n'avait été qu'un fantôme dans sa vie, lui rappelant son passé, lui rappelant qu'elle était la fille d'une droguée et qu'elle avait cédé à ses désirs.

Malgré tout, il était là aujourd'hui et sa présence lui rappelait les baisers, les caresses et la liberté qu'elle avait ressentie dans ses bras. Elle lui rappelait surtout qu'elle n'avait pas mieux agi qu'un animal poussé par le besoin.

Elle n'était cependant pas sa mère biologique. Elle était peut-être sujette à la dépendance, mais elle pouvait résister. Elle devait résister. Hors de question de céder à nouveau aux exigences de son corps. Elle allait contrôler ses impulsions, ses désirs et cette envie dévorante de le toucher.

— Je devrais sans doute rentrer.

Pour toute réponse, il posa une main sur sa hanche. Sa chaleur s'infiltra aussitôt dans les couches de vêtements qui recouvraient sa peau et, sous le choc, elle se figea.

— Ne t'enfuis pas une nouvelle fois.

C'était un ordre. Elle percevait néanmoins des notes de supplication dans sa voix.

Elle demeura immobile. Elle ne pouvait rien faire d'autre que de rester les pieds cloués au sol. Le danger se tenait juste devant elle, il la touchait et elle ne pouvait pas se défaire de son emprise sur son corps. Ce n'étaient pas ses doigts sur sa hanche habillée de jean qui l'empêchaient de bouger, c'était l'intensité de son regard.

— Je ne me suis pas enfuie, mentit-elle, incapable de lui avouer la vérité. Je suis simplement partie.

Il retira sa main.

— Sans dire au revoir ?

À ce rappel, la honte la saisit.

Sans bruit, elle s'était éclipsée de sa chambre et était retournée dans la sienne. Elle avait récupéré le dossier contenant la version expurgée de sa vie, puis elle avait filé chez elle, prête à rentrer dans le rang, à obéir aux règles, et à oublier tout ce qu'elle avait appris à Londres.

Elle avait mis de côté, dans un coin de sa tête, son escapade dans la capitale comme s'il s'agissait d'un faux pas.

Elle ne déraperait plus jamais.

— Pourquoi t'aurais-je dit au revoir alors que nous ne nous sommes pas dit bonjour ?

— Nous avons partagé...

— Une nuit, un simple moment. Et tu ne respectes pas les règles.

— Les règles ?

— Les règles des aventures d'un soir.

Il lui adressa un clin d'œil.

— Tu connais ces règles parce que tu en as eu beaucoup ?

Troublée, elle se mordit la lèvre. Il faisait exprès de flouter les lignes entre eux tandis que de son côté, elle s'efforçait, avec une détermination sans faille, de rester dans les limites.

Pour être honnête, elle devait tout de même avouer qu'elle aussi avait envie d'enfreindre les règles. Elle rêvait de poser sa paume sur sa joue, elle voulait voir à quel point sa peau était lisse sans la barbe qu'il avait quelques semaines plus tôt. Elle voulait faire courir ses doigts le long de sa mâchoire, le fixer droit dans les yeux et exiger qu'il l'embrasse, partout. Elle ne voulait pas être cette femme qui vivait pour rendre les autres heureux. Elle voulait être libre, et heureuse.

Encore une fois.

Refoulant ses pensées, elle le dévisagea. Elle essaya de se concentrer sur le costume noir qui gainait ses muscles, sur tout sauf sur le trouble qu'il avait fait naître en elle.

— Tu n'as aucun droit d'être ici.

Hors de question d'imaginer qu'il ait voulu la retrouver pour prolonger leur nuit, pour la posséder à nouveau, et risquer de perdre une nouvelle fois la tête.

— J'ai tous les droits, répondit-il.

Pour toute réponse, elle secoua la tête. Quelques cheveux s'échappèrent de son chignon, tombèrent autour de son visage et elle retint son souffle lorsqu'il attrapa une mèche entre son pouce et son index et la glissa derrière son oreille.

— Tu es en train de te décoiffer, *piccolina*.

— Me décoiffer…

— Te décoiffer, confirma-t-il, d'une voix aussi douce qu'une caresse.

Elle avala sa salive et se força à se reprendre.

— Pourquoi es-tu ici ?

Elle ne devrait pas s'en préoccuper. Malgré tout, elle s'en souciait. Elle voulait savoir. Elle devait savoir.

Doucement, ses doigts s'enroulèrent autour de son poignet.

— Tu ne devines pas ?

La chaleur pénétra sa peau, profondément, et son sang se transforma en lave brûlante.

— Non...

Elle déglutit bruyamment. Sa gorge était trop sèche.

— Devine, l'exhorta-t-il, les yeux fixés sur son visage. Pourquoi un homme avec qui tu as passé la nuit te chercherait-il ?

Il parlait d'une voix suave, comme s'il l'incitait à lui confier un secret qu'elle ignorait.

Elle se mordit la lèvre. Elle avait l'impression d'être prise au piège. Il lui faisait penser à un chasseur s'approchant de sa proie, prêt à bondir.

— Ne joue pas avec moi, s'il te plaît, pourquoi es-tu ici ?

— Parce que j'ai besoin de savoir. L'es-tu ?

— Suis-je quoi ?

— Enceinte.

— Enceinte ?

À ces mots, tout s'arrêta en elle. Son esprit se vida puis, une seconde plus tard, tous les souvenirs revinrent et explosèrent en elle, chaque souvenir de sa vie sûre et prévisible, chaque souvenir de sa nuit avec lui.

— Es-tu enceinte ? répéta-t-il.

Tout à coup, tout était flou devant elle. Une ombre gigantesque vacillait devant ses yeux. Lui, l'homme impressionnant auquel elle avait choisi de s'offrir.

Bon sang, qu'avait-elle fait ?

— Enceinte... Un bébé...

Pour toute réponse, il fit un seul signe de la tête et elle s'évanouit.

4

— As-tu mangé ?

Flora ignora la voix, lointaine et proche en même temps. Elle n'avait pas faim. Elle avait chaud, très chaud.

Les yeux fermés, elle se rapprocha de la source de chaleur et y pressa son nez. Les yeux fermés, elle se laissa bercer et, peu à peu, reprit ses esprits.

Lorsqu'elle rouvrit enfin les yeux, sa gorge se serra. Ses sens étaient tellement bousculés que la réalité lui semblait complètement folle.

Assise sur ses genoux, enveloppée par ses bras puissants, elle laissa son cou reposer dans le creux de son coude tandis qu'il la fixait.

Enceinte…

Enceinte ?

Revenant enfin à la réalité, elle se dégagea tant bien que mal de son étreinte et s'installa sur le siège à côté de lui. Elle fixa les champs aux alentours quelques instants, prit une profonde respiration puis se retourna vers lui.

— Tu m'as portée à travers le champ ?

— Je ne savais pas s'il y avait quelqu'un dans la maison.

— Cela doit être pratique de posséder un véhicule volant pour transporter les demoiselles en détresse en lieu sûr.

Le sourire qu'elle avait l'intention d'afficher sur ses lèvres s'évanouit avant même de se former. Sa blague n'était pas drôle. En fait, rien n'était drôle dans cette situation.

— C'est le moyen de transport le plus pratique, répondit-il, sans faire référence à sa tentative de blague.

— Si tu le dis...

Elle se redressa et examina les lieux. La grande cabine comprenait deux rangées de sièges derrière le poste de pilotage mais sa présence emplissait tout l'espace. Ses longues jambes étaient tendues, ses genoux à quelques centimètres seulement des siens.

— As-tu mangé ? répéta-t-il.

— Non.

Elle resserra ses genoux et posa ses paumes moites sur ses cuisses.

— Je suis désolée de m'être évanouie. C'est la première fois.

— Découvrir que tu es peut-être enceinte... Tu as eu un choc, cela se comprend.

Pour toute réponse, elle hocha la tête et tenta d'expirer mais elle avait du mal. Elle avait l'impression qu'il était de plus en plus grand, de plus en plus charismatique. Il la privait d'air.

— Tu dois manger, reprit-il.

— Pourquoi ? Je ne suis pas enceinte.

Son ton était ferme mais sa lèvre inférieure vacillait. En elle, l'émotion était forte.

— Tu le sais avec certitude ? insista-t-il, plongeant son regard noir dans le sien.

Il la dévisageait, scrutait ses prunelles, comme s'il était à la recherche de secrets, de réponses.

Des réponses qu'elle ne possédait pas.

— Nous nous sommes protégés...

Elle s'interrompit lorsqu'il décrocha son téléphone et se mit à débiter un long flot de mots qui lui étaient étrangers.

Tout en donnant des ordres, il ne la quitta pas des yeux. Puis, après avoir remis le téléphone dans sa poche intérieure, il prit une grande inspiration.

— Tu pourrais être enceinte.

Sa voix était si douce qu'elle l'enveloppait, qu'elle réduisait la distance qui les séparait. C'était surréaliste… Sa vie était programmée, planifiée. Ses journées suivaient une routine immuable. Les surprises lui étaient totalement étrangères.

Après son escapade à Londres, après avoir récupéré le dossier et découvert la vérité sur son adoption, elle était retournée à sa vie sûre et prévisible. Malgré tout, elle n'avait pu oublier les questions qui s'étaient bousculées dans sa tête, ni l'intensité de ce qu'elle avait ressenti.

La nuit où elle l'avait rencontré, elle n'avait pas eu besoin de réfléchir. Elle s'était contentée d'être elle-même.

Aujourd'hui cependant, la réalité de ses actes lui revenait en pleine face et elle n'était pas prête à l'assumer.

— Je ne suis pas enceinte, marmonna-t-elle tant bien que mal. Nous… Tu as utilisé un préservatif. J'ai vu…

Sa température grimpa tandis que le souvenir du plaisir qu'elle avait ressenti, lorsqu'il allait et venait en elle, inondait son cerveau et bouleversait ses sens.

— Le préservatif s'est déchiré.

Abasourdie, elle retint son souffle.

— Il s'est déchiré ?

Il se déplaça. Désormais, il n'y avait plus qu'un centimètre entre eux, leurs genoux s'entrechoquaient.

Il lui fallut toute sa concentration pour ne pas s'enivrer de son parfum, de son odeur à la fois familière et inconnue, terrifiante et excitante.

— Si tu ne t'étais pas enfuie, je t'aurais prévenue tout de suite.

Comme si elle venait de recevoir un coup de poing dans le ventre, elle ferma les yeux. Elle inspira par le nez et expira par la bouche, s'efforçant de garder son calme.

— Je suis partie parce que… Parce que j'ai eu peur.

— De moi ?

Elle acquiesça.

— Tu ne l'as pas senti ?

— Senti quoi ?

Un sentiment de honte lui remonta à la gorge. À quoi bon mentir ? Il était là, et sa décision de fuir les avait affectés tous les deux. Elle les avait sortis de la magie de leur rencontre pour les ramener à la réalité, pour les ramener dans la vraie vie.

Pourquoi ne devrait-elle pas lui poser toutes ces questions qui la tourmentaient depuis des semaines ? Ses questions sur sa réaction devant lui, sur la réaction de son corps à son contact.

Elle prit une profonde inspiration pour rassembler son courage.

— J'avais peur de la tentation de recommencer.

— Tu as eu peur... Parce que je t'ai fait du mal ?

— Non, la douleur a été minime. Par contre, le plaisir...

Elle hésitait.

— Le plaisir a été beaucoup trop intense, trop puissant, et je... J'avais peur que ce que tu avais réveillé en moi ne se rendorme jamais, si je restais une seconde de plus dans ton lit.

— Tu t'es enfuie parce que tu avais peur de qui tu étais avec moi ?

— Oui.

Pour toute réponse, il hocha la tête.

— Est-ce toujours comme cela ? Le sexe... Est-ce toujours aussi... enivrant ?

L'idée qu'il ait pu la retrouver simplement parce qu'il la désirait lui paraissait lointaine, tout à coup.

Et dire que pendant quelques instants, elle avait cru qu'il l'avait cherchée parce que leur corps-à-corps avait été magique... Elle était vraiment naïve.

Mais ce n'était pas étonnant. Depuis vingt et un ans, elle avait été volontairement protégée de la vie, enveloppée dans un cocon pour ne pas découvrir par hasard que sa mère biologique était atteinte d'une maladie qui pouvait également vivre en elle, dans son patrimoine génétique.

— Non, répondit-il enfin, le regard noir.

— Mais... C'était comme ça pour toi aussi ?

Était-ce important ?

Elle ne savait pas. Tout ce qu'elle savait, c'était qu'elle avait envie de connaître la réponse.

— Avec moi, insista-t-elle.

— Peu importe, ce n'est pas le moment. Ce qui est important, c'est que six semaines se sont écoulées. C'est suffisant pour que ton corps te dise si le plaisir, que tu craignais tant, a eu des conséquences, *piccolina*.

Il marqua une pause avant de poursuivre :

— As-tu eu tes règles ?

Elle ne percevait aucune accusation dans sa question. Il voulait juste connaître les faits.

De son côté, elle essayait surtout de mettre de l'ordre parmi ses pensées ; or rien n'avait de sens, dans la situation.

La chaleur lui monta aux joues. Peut-être n'avait-elle pas écouté son corps. Peut-être avait-elle été trop occupée à essayer de reprendre sa vie en main pour faire attention aux dates.

Instinctivement, ses mains se posèrent sur son ventre plat.

— Je ne me sens pas enceinte, dit-elle, plus à elle-même qu'à lui.

Elle baissa les yeux vers ses mains. Son corps était encore le sien, juste le sien, il n'hébergeait pas de nouvelle vie.

— Nous allons faire un test, lui annonça-t-il soudain.

Surprise, elle releva la tête.

— Tu as apporté un test de grossesse avec toi ?

— Non, je n'ai pas l'habitude de me promener avec des tests de grossesse dans ma poche.

Était-ce une tentative d'humour de sa part ?

— Mais j'en ai acheté un, reprit-il.

— Où est-il ?

— Il nous attend chez moi.

— Nous ? répéta-t-elle, abasourdie.

Elle n'avait jamais fait partie d'un *nous*.

— Je ne peux évidemment pas le faire sans toi.

— En effet, mais pourquoi réaliser le test chez toi alors que tu es ici chez moi ? Avec moi ?

— Pour l'instant nous sommes ici, mais bientôt nous serons là-bas, rétorqua-t-il sans détour.

— À propos, comment m'as-tu retrouvée ?

Elle était curieuse, il n'avait toujours pas répondu à cette question.

— Tu as engagé un détective privé ?

— Une équipe de détectives, répondit-il sans honte.

L'inquiétude la gagna et elle pointa un doigt accusateur vers sa poitrine.

— Tu as lu tous les dossiers me concernant ?

— Comment aurais-je pu te retrouver autrement ?

— Tu n'étais pas censé me retrouver !

Elle leva les yeux au ciel. Tout à coup, elle avait l'impression d'être trahie. Il avait obtenu des informations sur elle d'un claquement de doigts alors qu'elle-même avait dû attendre vingt et un ans pour en savoir plus sur Flora Campbell !

Tremblante, elle riva à nouveau son regard au sien.

— Je ne voulais pas me souvenir de ces événements.

— Désormais, il n'y a plus d'oubli possible.

Elle dévisagea cet homme qui lui avait donné un avant-goût de la vie en dehors de la ferme. Si elle était honnête, elle devait reconnaître qu'une partie d'elle avait voulu que cette nuit-là, et cet homme, restent éloignés de sa vraie vie, de sa vie à la ferme, comme un secret qui lui rappelait que la magie existait, si elle prenait soin de la chercher.

— Peut-être ne suis-je pas enceinte, lui rappela-t-elle.

— Mais si c'est le cas, j'insiste pour que notre enfant connaisse ses racines et ses parents biologiques. Je ne le laisserai pas croire qu'il n'a pas été désiré ou qu'il n'y a personne pour le protéger. Je le désirerai, et je le reconnaîtrai.

— Comment oses-tu utiliser les informations que tu as découvertes sur moi pour me faire du chantage ?

— Je n'essaie pas de te manipuler, ni de te faire chanter. Je t'ai retrouvée, je suis venu à toi et je t'ai exposé les faits. Maintenant, nous allons découvrir, ensemble, si nos actes ont eu des conséquences. En attendant, tu dois me faire confiance.

Elle ferma les yeux. Sa tête tournait, elle avait le vertige.

— Te faire confiance…

— Fais-moi confiance pour te guider dans les prochaines étapes.

— Les prochaines étapes…

Si elle était enceinte, que se passerait-il ? Elle serait célibataire mais liée, pour le reste de sa vie, à l'homme auquel elle avait offert sa virginité, simplement parce qu'un préservatif s'était déchiré ?

— Nous allons partir d'ici maintenant et faire le test ensemble.

— Et si je suis enceinte ?

— La première chose à faire, c'est de vérifier si tu l'es ou pas.

— Et si c'est le cas ? insista-t-elle.

Il s'agissait de sa vie et elle en avait assez qu'on lui cache des faits. Elle en avait assez de les découvrir après tout le monde. Elle voulait savoir.

— Si tu es enceinte, nous nous marierons, évidemment.

— Nous… Nous nous marierons ?

Il avait prononcé le mot comme si de rien n'était mais ce n'était pas le cas !

— Pourquoi ?

— Si tu es enceinte, l'enfant sera aussi le mien et je protège tout ce qui m'appartient.

— Un bébé n'est pas un objet ! Tu ne peux pas en revendiquer la propriété comme s'il s'agissait d'un meuble ou d'un animal de compagnie…

— Aurais-tu préféré que je te laisse découvrir ta potentielle grossesse par toi-même ? Que je te laisse être une mère célibataire ?

— De toute façon, je suis célibataire.

— Ce n'est plus le cas aujourd'hui, répondit-il en lui lançant un regard noir.

— Je ne t'appartiens pas.

— Si tu es enceinte, notre bébé mérite de savoir d'où il vient et qui est son père. Il a le droit de porter le nom de son père, mon nom.

Elle se mordit la lèvre. Les mots se bousculaient dans sa tête. Enceinte. Bébé. Échec. Erreur. Non désiré.

— S'agit-il de tes propres mots ou s'agit-il des mots que tu as lus dans mon dossier ? As-tu découvert que je suis née de père inconnu ?

— J'ai en effet lu ton dossier mais je sais, par expérience, les conséquences qu'il y a à être privé de ses origines.

— Tu as été adopté toi aussi ?

— Non mais je n'ai été élevé que par ma mère qui me racontait que mon père appartenait à la noblesse italienne. Selon elle, il l'avait cachée pour éviter la honte d'avoir un fils illégitime.

— Tu es un enfant illégitime ?

— Je le suis.

— As-tu souffert des mensonges ?

Elle ne saurait jamais qui était son père biologique, et ce mystère laisserait toujours un vide en elle. Mais au moins, personne ne lui avait fait croire que son père était un aristocrate.

— Jusqu'à mes vingt et un ans, mes parents m'ont également raconté des histoires. Ils ne m'ont jamais fait croire que j'avais des parents nobles mais ils ne m'ont jamais dit la vérité non plus.

— Quel genre d'histoires t'ont-ils raconté ?

— Ils m'ont caché les raisons pour lesquelles j'étais scolarisée à la maison, les raisons pour lesquelles je ne devais pas suivre mon instinct mais planifier et exécuter des routines soigneusement répétées afin de ne jamais être consumée par mes passions.

— Pourquoi ont-ils agi ainsi ?

— J'ai une personnalité addictive. Quand je me concentre sur quelque chose, je fais une fixation...

— Sur quoi te concentres-tu ?

— En général, je bricole, je répare des choses.

Elle marqua une pause, elle avait du mal à avaler sa salive.

— Dans un monde qui va si vite, pouvoir se concentrer est une qualité, pas un défaut, répondit-il en haussant les épaules.

— Peut-être.

— Est-ce la raison pour laquelle tu penses ne pas te connaître ? Parce que tes parents ne t'ont jamais avoué la vérité ?

Ces mots la catapultèrent six semaines dans le passé.

— Tu te souviens de ce que je t'ai dit ?

— Je me souviens de tout.

Et elle aussi. Elle se souvenait de chaque caresse de ses doigts experts, de chaque baiser gourmand.

Elle se força à repousser ses souvenirs et à ignorer son émotion.

— Je suis leur bébé miracle.

— J'étais un bâtard indésirable, et toi, tu étais un bébé miracle. Deux extrêmes à l'opposé du spectre. Mon enfant ne sera jamais une erreur, il ne sera jamais un bâtard, il ne sera jamais non désiré ou illégitime. Si tu es enceinte, notre bébé sera en sécurité et saura toujours où est sa place.

Ses yeux se posèrent sur les siens avec une telle intensité qu'elle en sentit les pulsations jusque dans sa poitrine.

— Sa place sera avec moi, ajouta-t-il d'un ton ferme.

— Tu ne te sentais pas en sécurité ? lui demanda-t-elle, ressentant une douleur viscérale au niveau du plexus solaire. Quand tu grandissais ?

— J'ai grandi dans les collines de l'est de la Sicile. C'est… C'est une région magnifique mais isolée. Si nous avions vécu plus près des villes côtières, des gens auraient pu voir la maladie de ma mère et…

— Ta mère était malade ?

— Oui, elle était gravement dépressive.

Elle regarda sa pomme d'Adam monter et descendre le long de sa gorge, et devina sa nervosité.

— Au point également de ne pas pouvoir s'occuper d'un petit garçon qui avait souvent faim, poursuivit-il.

— Tu ne veux pas que ton enfant vive la même vie ? C'est pour cette raison que tu es là, parce que...

— Exactement.

Son regard se posa sur son ventre.

— Mon enfant n'aura jamais faim, il n'aura jamais froid.

Elle riva son regard au sien et sentit une connexion s'établir entre eux, une connexion plus profonde que la nuit où ils s'étaient rencontrés, une connexion si intense qu'elle ne pouvait ni la nommer ni la définir.

— Ta mère t'a-t-elle raconté des histoires de noblesse italienne parce qu'elle ne savait pas qui était ton père ? Ou bien te les a-t-elle racontées parce qu'elle ne voulait pas te dire la vérité ?

— Certaines des histoires de ma mère étaient vraies, d'autres fausses. Je n'ai découvert la vérité que lorsque j'ai été beaucoup plus âgé, et à ce moment-là, je ne me préoccupais plus de savoir ce qui était une fiction et ce qui ne l'était pas. J'avais grandi sans mon père, sans son nom. Tout ce que je savais, c'était que nous avions faim et que ma mère avait été abandonnée par un homme qui ne voulait rien savoir d'elle ni de moi. Il lui avait donné une liasse de billets qu'elle a gardée sous le lit dans un bocal jusqu'à ce qu'elle soit épuisée. Il nous a laissés dans un village où l'on appelait ma mere...

Il s'interrompit, détourna le regard, et elle devina sa vulnérabilité.

— Elle savait qui était mon père.

— Ton père est un comte italien ?

— Il l'était. Il est mort, il y a six mois.

— Et ta mère ?

— Il y a trois mois.

— Oh...

Elle déglutit et s'obligea à se reprendre.

— Je suis vraiment désolée.

— Je ne connaissais pas mon père, alors je ne l'ai pas pleuré. Je n'avais pas besoin de lui, ni de son nom mais je le méritais. Et tu mérites de connaître mon nom, Flora. Je suis Ra...

— Stop ! Ne dis rien, s'il te plaît. Je ne suis pas prête.

— Pourquoi pas ?

— Si…

Sa langue se débattait avec les mots, refusant de les organiser à l'intérieur de sa bouche.

— Si tu me dis ton nom, tu deviendras réel. Tout deviendra réel.

— Mais tout est déjà réel !

Ses yeux noirs sondèrent son visage. Aucun muscle ne bougeait.

— Je suis réel.

C'était bien là le problème. Il était honnête sur sa vie et elle aussi, pour la première fois. Elle était assise dans un hélicoptère, au milieu d'un champ, avec un homme qu'elle n'était pas censée revoir.

Mais rien de tout cela n'aurait d'importance si elle n'était pas enceinte. Dans ce cas-là, cet afflux d'émotions qui la terrifiait tant resterait temporaire.

Décidée, elle ouvrit les yeux.

— D'accord, je viens avec toi. J'ai cependant une condition.

— Laquelle ?

— Que tu me dises ton nom uniquement si je suis enceinte parce que si je n'attends pas de bébé, rien de tout cela n'aura d'importance.

Il acquiesça.

— Je resterai un étranger pour toi jusqu'à ce que nous devenions quelque chose d'autre, lui promit-il.

— *Si*, corrigea-t-elle. *Si* nous devenons quelque chose d'autre.

Comme il l'avait fait cette nuit-là, il lui tendit la main.

Une vague d'excitation, ou peut-être de peur, se répandit instantanément dans ses veines.

Elle glissa timidement ses doigts entre les siens et il lui prit la main. Il la sortit de l'hélicoptère puis lui fit signe de s'installer sur le siège du copilote.

Elle monta et il l'attacha avant d'aller s'installer à la place du pilote.

Il actionna ensuite un interrupteur sur le tableau de bord et lui tendit un casque.

Quelques minutes plus tard, les pales de l'hélicoptère se mirent à tourner et l'appareil s'éleva dans les airs, loin de la ferme. Loin de tout ce qu'elle avait connu.

Elle comprenait tout à coup qu'elle ne partait pas en tant que Flora Campbell, la fille abandonnée d'une toxicomane. Elle n'était pas non plus Flora Bick, un bébé miracle adopté par des fermiers. Elle partait en tant que mère potentielle, et peut-être en tant que future épouse.

La future femme de cet homme mystérieux...

Elle allait devoir apprendre un tout nouveau scénario, une toute nouvelle liste de règles pour mener une vie complètement différente, une vie dans laquelle elle pourrait décider qui elle voulait être.

Si le moment était venu de faire un choix, que choisirait-elle ?

5

L'hélicoptère survola la falaise avant de se diriger vers le large.

Gagnée par la chair de poule, elle se retourna et regarda la plage devenir de plus en plus petite, jusqu'à disparaître. Elle connaissait cette plage, elle s'y promenait régulièrement. Elle y ramassait des coquillages, du bois flotté, de jolis cailloux, mille petits trésors… Mais jamais elle n'avait ramené à la ferme un trésor aussi impressionnant que lui.

Elle se tourna vers lui, l'homme qui pilotait l'hélicoptère. Était-ce son appareil ?

Sans doute.

Sa nervosité augmenta d'un cran.

S'ils allaient avoir un bébé ensemble, c'était une information qu'elle devrait sans doute connaître. Mais elle ne lui avait pas encore posé la question jusqu'à présent, elle avait été trop bouleversée par les dernières révélations, la rupture du préservatif, sa grossesse potentielle…

À cette idée, une avalanche de souvenirs l'envahit. Londres, l'hôtel… Les refoulant, elle se força à se concentrer sur la vue et son regard se focalisa sur le yacht qui venait d'apparaître au loin, un véritable palais aquatique.

Il posa enfin l'appareil sur le pont supérieur et, émue, elle retint son souffle.

Cet homme était riche, il avait des moyens mais surtout, aucune limite. Il avait réussi à la retrouver alors que toute seule, elle avait peiné pour trouver des informations sur elle-même.

— L'hôtel...

Hésitant à le questionner, elle le regarda actionner boutons et manettes.

Il retira enfin son casque et le vrombissement des hélices de l'hélicoptère se transforma peu à peu en léger bourdonnement avant de se taire définitivement.

Voulait-elle vraiment en savoir plus sur l'homme qui pourrait être le père de son enfant, si elle était enceinte ? Était-elle prête à admettre la réalité ?

Avant même qu'elle n'ait eu le temps de déglutir, il sortit de l'appareil, en fit le tour et lui ouvrit la portière.

— Je ne descendrai pas, lui annonça-t-elle alors.

Surpris, il fronça les sourcils.

— Non ?

Elle secoua la tête, si violemment que son casque glissa. Elle le rattrapa et le posa sur ses genoux.

— Non, je ne descendrai pas, répéta-t-elle.

Impossible de descendre alors qu'elle ne savait pas dans quel monde elle s'apprêtait à pénétrer, alors qu'elle ne savait rien sur lui.

Il la débarrassa de son casque, ses doigts effleurant les siens, et elle ferma les yeux. Non, elle ne regarderait pas ses mains. Hors de question d'admettre que sa gorge était nouée ou que le désir l'enivrait. Elle n'avait pas besoin d'émotions mais de faits, uniquement de faits.

Il fallait à tout prix qu'elle ignore les sensations dans son ventre, et son intimité, que le seul contact de sa main contre la sienne avait provoquées. Son désir était ridicule, elle ne le connaissait même pas, lui, cet étranger, cet homme, le père potentiel de son bébé potentiel...

— Pourquoi pas ? insista-t-il, sa voix teintée d'amusement.

Elle inspira profondément puis redressa les épaules, rassemblant son courage. Depuis qu'il était arrivé à la ferme, elle avait laissé ses émotions l'emporter sur la logique. Elle avait ignoré toutes les leçons inculquées par ses parents, ces leçons qui préconisaient de faire passer la raison avant l'impulsion.

Le seul moyen pour se reprendre, maintenant, était de disposer d'informations.

— Qui es-tu ?

— Pourquoi est-ce important, tout à coup ?

— Parce que ton monde ne ressemble en rien au mien. Je pense… Je pensais que l'homme rencontré sur la terrasse de l'hôtel était un client, comme moi. Je croyais qu'il disposait juste d'une meilleure chambre avec une meilleure vue. Mais cette vue t'appartient, n'est-ce pas ?

— Que veux-tu savoir ?

— Je veux savoir qui tu es. J'ai besoin de connaître les faits.

— Te dire mon nom ne me pose aucun problème. C'est toi qui ne souhaitais pas le connaître…

— J'ai eu tort. La vérité, c'est que ce qui se passe entre nous est réel et maintenant que nous sommes ici, je ne peux plus me voiler la face.

De la main, elle fit un geste en direction de la mer.

— Je veux savoir si je suis enceinte en toute connaissance de cause. Je veux arracher le bandeau qui m'a masqué la vue toute ma vie et me lancer dans cette aventure les yeux grands ouverts. Je dois à mon potentiel enfant de savoir avec qui j'ai pu le concevoir.

Elle s'interrompit le temps d'aspirer une grande bouffée d'air puis reprit :

— Nous le devons également à nous-mêmes, non ?

— Bien sûr. Nous méritons de connaître nos noms respectifs.

— Alors dis-moi ton nom.

— Je m'appelle Raffaele Russo, je suis P-DG de Russo Rénovations, sicilien de naissance et multimilliardaire.

Sans un bruit, il réduisit la distance qui les séparait. Sa bouche était désormais à deux doigts de la sienne.

— Et je suis le père du bébé qui grandit peut-être en toi.

Elle ferma les yeux en sentant le désir se mettre à pulser entre eux. Encore une fois. Le souvenir de ses baisers gourmands revint à sa mémoire, l'ensorcelant, mais elle chassa tant bien que mal cette image.

— Milliardaire, as-tu dit ?

— Multimilliardaire.

— Je croyais que tu avais grandi au milieu de nulle part, que ta mère n'avait pas les moyens de te nourrir… Comment as-tu fait pour gagner autant d'argent ?

— C'est important ?

— Oui. Pourquoi ne m'as-tu pas dit que tu étais riche ?

— Tu ne l'as jamais demandé.

Évidemment. Comment aurait-elle pu imaginer croiser un jour un milliardaire ? Et surtout, comment aurait-elle pu imaginer être désirée un jour par un milliardaire ? Elle ne connaissait même pas ses origines !

— Et tu n'as jamais pensé à me le dire ?

Il haussa les épaules.

— Je suis tout à fait à l'aise avec l'homme que je suis, je n'ai pas besoin de me vanter.

— Comment es-tu devenu milliardaire ?

— Je ne vais pas enjoliver mon passé, cela a été difficile. Scarlata est tout petit.

— Scarlata ?

— Mon village natal. Il ne compte qu'une centaine d'habitants. À l'époque, ils n'avaient pas accès à grand-chose, mais ils étaient au moins connectés au monde extérieur grâce à Internet. Cela a permis à des gens de publier des photos sur les réseaux sociaux, le genre de photos qui plaît au public.

— Qu'est-ce que des photos viennent faire dans ton histoire ?

— Les belles images rapportent de l'argent.

Son cerveau n'arrivait pas à faire le lien.

— Je ne comprends toujours pas.

Ses lèvres esquissèrent un sourire, mais pas ses yeux. Au

contraire, elle apercevait des lueurs sombres dans ses prunelles. Hélas, elle ne parvenait pas à les déchiffrer.

— Tu n'aimes pas les jolies images, *piccolina* ?

— Pourquoi ? Tu es photographe ?

— Je suis un bâtisseur. Je construis des maisons, je les répare, mais un jour j'ai trouvé un vieil appareil-photo numérique dans une ferme à la périphérie du village.

— Il y avait une ferme ?

— Oui, une ferme qui produisait du fromage depuis trois générations et le vendait dans les grandes villes. Les touristes ne venaient pas au village mais ils visitaient la boutique en ligne de la ferme.

— Tu as vécu dans une ferme ?

À l'idée qu'il ait grandi dans un environnement identique au sien, son cœur se serra.

— Non. Par contre, il m'arrivait parfois d'aider les agriculteurs parce qu'ils me donnaient du fromage et du pain en quantité suffisante pour nourrir ma mère. Les touristes ont cependant besoin de plus que du pain et du fromage, plus que des pâtes et des tomates. Les touristes ont besoin d'un endroit où dormir. Je leur en ai construit un.

— Tu leur as construit un endroit pour dormir ?

— Où dors-tu, Flora ?

— Dans un lit…

— D'où vient ce lit ?

— D'un magasin.

— Où le propriétaire du magasin a-t-il trouvé le lit ?

Elle fronça les sourcils.

— Chez… Chez un fabricant de lit.

— Exactement.

Il applaudit sans bruit, pressant ses paumes l'une contre l'autre.

— Bien joué.

— Inutile de me traiter avec condescendance.

— Ce n'est pas ce que je fais. Ce que j'essaye de t'expliquer, c'est que les produits de base que tu trouves dans ton village n'étaient pas disponibles là où j'ai grandi. Si j'avais besoin de quelque chose, la seule option était de me rendre dans l'une des grandes villes pour l'obtenir, ou de le construire moi-même. Je n'avais pas les moyens de voyager, alors j'ai construit des choses. Et je les ai échangées. Contre un repas, je proposais ma force physique, le travail de mes mains...

Il les tendit devant lui et elle baissa les yeux vers les callosités de ses paumes. Elle se souvenait de leur légère rugosité contre ses hanches lorsqu'il l'avait possédée, à Londres.

— Ces mains, poursuivit-il, ont emballé du fromage pendant sept jours d'affilée sans dormir. Je voulais comprendre ce qu'attendaient ces touristes et trouver comment je pouvais gagner de l'argent avec eux.

— Quel moyen as-tu trouvé ?

— J'ai transformé une maison abandonnée au centre du village en un gîte rustique mais luxueux, un havre de paix sur deux étages. J'ai utilisé des matériaux récupérés dans les caves du village. Tout le monde m'a aidé.

— Je suis vraiment heureuse que quelqu'un t'ait aidé.

— C'était il y a longtemps, rétorqua-t-il en refoulant ses souvenirs d'un geste de la main. Aujourd'hui, je n'ai plus besoin d'aide. J'ai cependant appris deux choses en vivant au milieu de nulle part : si tu parviens à grimper, tu tends la main à la personne suivante, tu protèges les tiens. Alors aujourd'hui, je protège les miens.

Sa voix était dure, déterminée, et elle l'écouta avec attention. Elle ne voulait pas l'interrompre. Elle n'aurait jamais imaginé que c'était ainsi qu'il avait gagné son argent.

— Mon premier succès a été celui de tout le monde. L'argent est arrivé lorsque les touristes ont commencé à séjourner dans le gîte que j'avais construit, les influenceurs qui désiraient découvrir la Sicile profonde et prendre de jolies photos de couchers de soleil devant les oliviers balayés par le vent. J'ai amené des touristes au sein du village qui m'avait autrefois protégé, je l'ai remboursé au décuple avant de vendre ce petit gîte. Peu à peu, j'ai réussi à m'en sortir. J'ai quitté ce village grâce à mon travail et grâce à un peu de chance, j'ai recommencé l'opération, plusieurs fois. J'ai pris des objets cassés, je les ai rénovés, et je les ai revendus bien plus cher. Cela m'a conduit jusqu'à Rome où j'ai créé mon entreprise, Russo Rénovations. Aujourd'hui, mes rénovations sont convoitées dans le monde entier.

— Qui t'a appris à réparer, à construire ?

— J'ai appris tout seul, dans les livres. Sur Internet, aussi.

— Et l'hôtel de Londres ? Il t'appartient également ?

Ses yeux brillant se rivèrent aux siens et, instantanément, sa gorge se noua.

— C'est le mien, oui, confirma-t-il.

Tout s'expliquait. Elle comprenait maintenant pourquoi il était là-bas, pourquoi c'était lui qui l'avait trouvée. Mais contrairement à ce qu'il affirmait, elle n'avait pas l'impression que la chance ait été le catalyseur de son succès.

— Je ne crois pas que ce soit la chance qui t'ait guidé, c'est plutôt la ténacité.

— Le garçon que j'ai été aurait aimé entendre dire qu'il était tenace.

— Et le milliardaire ?

— Il s'en moque.

Pourquoi s'en ficherait-il ? Elle l'ignorait, mais il avait fait preuve d'une telle honnêteté qu'elle avait la chair de poule, sous son pull.

— Tu m'as demandé comment j'avais gagné mon argent, reprit-il en reculant un peu, lui masquant la vue de la mer. Maintenant que tu sais, es-tu prête ?

— Je suis prête.

Elle l'était. Elle avait réussi à mettre de côté ses sentiments. Désormais, elle utiliserait la partie logique de son cerveau, exactement comme ses parents le lui avaient appris.

— Je suis prête à faire le test de grossesse.

Elle détacha sa ceinture et sortit de l'hélicoptère avec une aisance qu'elle ne ressentait pas vraiment. Mais il ne s'agissait pas d'elle, aujourd'hui, il s'agissait de leur potentiel bébé.

Leur enfant.

— Bienvenue à la maison, Flora.

— Tu vis ici ?

— *Sì.*

Elle examina les lieux, son incroyable royaume flottant.

— C'est un palais !

— Quatre-vingts mètres de long, confirma-t-il comme si cela n'avait aucune importance. Cinq ponts, tout le confort dont je peux avoir besoin, et une vingtaine d'employés pour répondre à toutes les demandes d'un milliardaire.

— D'un multimilliardaire, corrigea-t-elle, esquissant un sourire.

Pourtant, elle n'avait pas envie de sourire. Au contraire, son cœur pleurait pour le petit garçon solitaire qu'il avait été.

Qui l'avait élevé ?

Sa mère n'avait pas pu s'occuper de lui. Quant à son père, il l'avait rejeté car il était illégitime.

L'argent... Le luxe... Rien de tout cela n'avait d'importance, mais le passé, si. L'histoire de son père qui avait grandi sans rien avant de devenir un milliardaire, voilà un passé qu'elle aimerait raconter à son enfant. Du moins, si jamais elle était enceinte.

Son rythme cardiaque s'accéléra.

La main posée à côté de sa cuisse était grande, forte, mais elle ne pensait qu'à sa main d'enfant, une petite main appartenant à un enfant affamé et livré à lui-même.

Elle mourait d'envie d'enrouler ses bras autour de son cou et de le serrer contre elle, de murmurer des mots doux au petit garçon qu'elle n'avait jamais rencontré et de le rassurer. Il était trop tard pour cela mais elle pouvait au moins lui prendre la main.

Rassemblant son courage, elle noua ses doigts aux siens.

— Montre-moi le chemin, Raffaele.

Son regard monta et descendit le long de son corps musclé.

Comment imaginer qu'un jour, il avait eu faim et froid ? Il était si fort, aujourd'hui.

— Flora.

— Raffaele.

— Pourquoi avoir changé d'avis ?

— Parce que nous désirons la même chose. Si je suis enceinte, nous voudrons protéger notre bébé, nous voudrons qu'il soit en sécurité. Et aimé.

Qui allait l'aimer, elle ? Et qui aimerait Raffaele ? Le pourrait-elle ? Elle n'avait pas les réponses à ces questions.

Raffaele ne répondit pas. Pourquoi risquer d'endommager le lien fragile qu'ils venaient de former ? Ce lien qui l'avait encouragée à la faire descendre de l'hélicoptère ? Pourquoi lui avouer qu'il n'aimait pas, qu'il ne savait pas aimer et qu'il ne voulait pas apprendre.

Sa mère avait aimé de tout son cœur son père, mais pas lui. Et à cause de cet amour, elle avait négligé tout ce qui l'entourait, jusqu'à ce que la promesse, ou plutôt la fausse promesse, de son retour ne la conduise aux portes de la mort.

— Tu dis cela à cause de ce que je t'ai raconté ? lui demanda-t-il.

Protégé… Aimé. Il n'aurait pas résumé son ascension avec ces mots, il n'avait certainement pas été aimé ou protégé.

— Bien sûr, répondit-elle enfin. Je suis persuadée que ton enfance a joué un rôle.

— Non, elle n'a aucune influence sur moi.

Il ne lui avait pas raconté son enfance parce qu'elle le lui avait demandé. En plus, le récit qu'il lui avait fait n'était pas le début mais plutôt la fin d'un épisode. Sitôt qu'il avait pu quitter le village, il avait payé quelqu'un d'autre pour la surveiller à sa place.

Tenant la main de ce petit bout de femme qui avait brisé son self-control, il lui fit traverser le pont puis ouvrit une porte vitrée et l'entraîna à l'intérieur. Aussitôt, son désir se réveilla et un sentiment de malaise s'installa en lui.

Il voulait sentir, contre sa poitrine, la douceur de cette main qui tenait la sienne. Il voulait enfouir, dans la chaleur de son corps, les souvenirs qu'elle lui avait arrachés. Il voulait s'oublier en la possédant.

En même temps, comment pouvait-il lui avouer que la main qu'elle tenait si tendrement n'avait pas été capable de protéger sa mère ?

Sa mère n'avait jamais saisi la main qu'il lui avait tendue. Oui, elle avait accepté sa richesse, elle avait accepté qu'il transforme sa maison délabrée sur la colline en un luxueux domaine, mais elle n'avait jamais accepté sa main.

S'il avait été présent, aurait-elle pris sa main cette fameuse nuit ?

Il ne le saurait jamais.

— Où allons-nous ? lui demanda Flora, le ramenant au présent.

Il ravala la boule qui lui nouait la gorge.

— Tout droit.

Elle lui adressa un nouveau sourire et sa température grimpa en flèche. Il mourait d'envie de se pencher et de savourer la sensualité de ses lèvres… Il mourait d'envie de l'entendre prononcer son nom en haletant…

Raffaele.

Il resserra son étreinte sur sa main et la guida jusqu'à sa suite.

Comment cette femme faisait-elle pour le contrôler, pour l'envoûter ?

Il avait apprécié d'être anonyme. Il avait apprécié son approche décontractée de sa richesse et de son nom. Pourquoi ?

Parce que tu es faible devant elle et qu'elle voit ce que tu es, un garçon solitaire qui rêvait de s'en sortir.

S'en était-il vraiment sorti ?

Il examina ses doigts élégants qui se pressaient contre ses jointures.

Elle se moquait de sa richesse. Elle lui avait demandé de l'emmener dans son lit et de lui faire l'amour, sans même connaître son nom. Elle l'avait suivi jusqu'à son yacht sans poser de questions, et ce n'est que lorsqu'il avait atterri qu'elle avait envisagé qu'il puisse faire partie d'un monde qu'elle ne connaissait pas.

Il rassembla tant bien que mal ses esprits. Chaque partie de lui palpitait d'un besoin absurde d'être en elle, de se noyer dans sa bonté.

Il ne comprenait pas son désir et il ne la comprenait pas, elle. Elle s'était intéressée à son histoire, celle qu'il n'avait racontée à personne. Pourquoi lui avait-il raconté sa vie, d'ailleurs ? Il l'ignorait.

Non, c'était un mensonge. Il le savait pertinemment bien. Il avait voulu faire disparaître l'émerveillement innocent dans ses yeux chaque fois qu'elle le regardait, et surtout mettre fin à l'emprise qu'elle avait sur lui, mettre fin à ce manque de contrôle qu'il ressentait près d'elle.

Malheureusement, son désir n'avait pas disparu. Au contraire, il s'était même intensifié.

Si tu lui avais parlé de ta mère, de ton échec…

Il refoula ses pensées et se força à se concentrer sur la prochaine étape.

Chaque chose en son temps.

Décidé, il poussa la porte de sa suite.

Il était prêt à confirmer ce qu'il savait déjà intuitivement. Elle était enceinte et dans quelques minutes, il serait lié à elle pour toujours.

Il n'échouerait plus jamais à protéger les siens, il s'en faisait la promesse.

6

Raffaele n'avait pas dit un seul mot.

Le test de grossesse posé sur la table, à quelques centimètres d'eux, il se prélassait dans un fauteuil en cuir crème comme s'il s'agissait d'un trône, les jambes croisées, les bras alanguis. Ses mains ne tremblaient pas.

Elle, par contre, n'était pas détendue. Pas du tout.

Perchée sur l'accoudoir du canapé en cuir, les genoux joints, les mains croisées, elle attendait, nerveuse.

Elle se racla tant bien que mal la gorge puis attrapa le verre d'eau posé sur le rebord de la table, loin du test posé au milieu.

Timidement, elle le porta à ses lèvres, se forçant à se concentrer sur les différentes étapes de l'opération. Ouvrir la bouche. Prendre une gorgée. Fermer la bouche. Avaler. Reposer le verre.

Des étapes rationnelles, logiques. Rassurantes.

Après avoir reposé le verre, elle observa les lieux, les meubles aux tons crème, tous luxueux. La table basse brillait même tant que si elle se penchait au-dessus, elle y verrait son reflet.

Ils étaient dans la chambre de la suite principale, sa suite, une pièce immense au centre de laquelle trônait un immense lit avec les draps blancs les plus immaculés, les oreillers les plus gonflés et le matelas le plus épais qu'elle ait jamais vus.

La lumière était douce, sans doute pour ne pas gâcher la vue sur l'océan qui les entourait.

D'habitude, la vue de la mer l'apaisait. Ses escapades à la plage lui permettaient de s'évader, de laisser son esprit vagabonder. À cet instant cependant, elle n'avait que faire de l'océan. Elle n'avait d'yeux que pour le lit. Et lui.

Elle reporta son regard sur le test de grossesse, un test de toute dernière génération. Si elle était enceinte, le mot « enceinte » apparaîtrait et indiquerait depuis combien de semaines une petite vie grandissait en elle. Elle saurait en moins de cinq minutes ce qu'elle ignorait depuis des semaines.

Incapable de supporter l'attente plus longtemps, elle se pencha en avant pour attraper le bâtonnet.

— Ce n'est pas encore le moment, lui lança Raffaele, la stoppant net dans son élan.

— Combien de temps encore ?

— Trente secondes.

Elle laissa retomber sa main et se réinstalla sur son perchoir.

Avant le test, elle lui avait demandé de lui lire les instructions deux fois. Elle voulait être sûre de bien faire.

Calmement, il lui avait donc lu le mode d'emploi, sans la moindre émotion, sans le moindre indice sur ce qu'il ressentait.

Sa main dans la sienne, il lui avait ensuite fait franchir plusieurs portes en verre mais, sitôt qu'ils étaient entrés dans la suite, il l'avait lâchée.

Elle baissa les yeux sur sa main. Aucune marque n'était visible, aucune trace de son contact. Pourtant, elle ressentait toujours un léger picotement, la sensation de sa peau contre sa peau, là où il l'avait touchée.

Elle oublia le potentiel bébé qu'elle portait peut-être et se concentra sur l'homme installé à côté d'elle, sur cette pièce où il l'avait conduite, sur le lit.

Troublée, elle se mordit la lèvre.

Ses réactions n'étaient pas raisonnables, or elle avait besoin d'être raisonnable ! Ces sentiments, ces impulsions qui l'avaient saisie lorsqu'elle était entrée, lui donnant envie de se lover entre ses bras et de s'offrir à lui, devaient être enterrés. Tout de suite.

— C'est l'heure, *piccolina*.

Elle rassembla son courage puis riva son regard au sien.

— J'ai peur.

— Tu ne risques rien.

— Mais si je le blesse ?

Elle le regarda cligner des yeux, lentement. Les ombres vacillantes de ces interminables cils soulignaient ses pommettes ciselées.

— Pourquoi penses-tu cela ?

— Je... Je ne ferais pas de mal à un bébé, je ne ferais de mal à personne. Du moins, pas physiquement. Pas émotionnellement. Pas volontairement.

Son but avait toujours été de ne pas blesser ceux qu'elle aimait, de ne pas les inquiéter. Mais inconsciemment...

— Et si je me trompais ? Et si j'étais une mauvaise mère ?

À ces mots, son regard s'adoucit.

— Le fait que tu t'inquiètes à l'idée d'être une mauvaise mère signifie que tu feras tout ce qui est en ton pouvoir pour être une bonne mère.

Perplexe, elle hocha la tête.

— Et toi, tu n'es pas inquiet ? Même un petit peu ?

— Non, je suis certain que je saurai ce qu'il ne faut pas faire.

— Comment peux-tu le savoir ?

— Je n'ai pas toujours été riche, lui rappela-t-il.

Elle regarda sa pomme d'Adam descendre et remonter dans son col désormais ouvert. Sa cravate avait disparu, il l'avait posée sur le bras du fauteuil.

— Notre enfant n'aura jamais à se préoccuper de rien, je lui offrirai tout ce que je n'ai jamais eu.

— L'argent n'est pas synonyme de bonheur, ni d'amour. L'argent, c'est juste du papier. Les objets n'élèvent pas un bébé, ce sont les gens qui l'élèvent.

Elle riva son regard au sien avant de reprendre :

— Nous l'élèverons.

— L'argent donne des bases. L'argent fournit tout ce dont nous avons parlé, la protection, la sécurité, la nourriture, le chauffage…

— J'ai toujours été en sécurité.

Une image de sa mère et de son père, avec leurs grands sourires et leurs bras ouverts, lui revint en tête.

— J'ai toujours eu chaud.

Elle cligna des yeux pour refouler les larmes qui lui piquaient les yeux.

— Si j'avais froid, mes parents me prenaient dans leurs bras, ils m'enveloppaient dans une couverture…

Tout à coup, la digue qui contenait ses émotions se rompit et sa gorge se noua.

Il se leva pour la rejoindre mais elle le stoppa d'un geste de la main.

— S'il te plaît, ne me touche pas.

Surpris, il se figea, les yeux écarquillés.

— Pourquoi pas ?

— Parce que si tu le fais…, marmonna-t-elle en passant sa main sur son visage, je vais pleurer.

— Tu pleures déjà.

— Oh ! mon Dieu !

Honteuse, elle s'essuya le nez avec son pull puis leva les yeux vers l'homme qui l'observait si attentivement.

— Je n'ai pas l'habitude de pleurer pour un rien, je te le promets.

— Je ne te juge pas. Ce n'est pas tous les jours que l'on fait un test de grossesse.

Elle fixa le bâtonnet de plastique.

Ses parents n'avaient pas appris son arrivée grâce à un test de grossesse mais ils l'avaient désirée. Ils l'avaient toujours aimée, elle, leur bébé miracle.

Après avoir découvert son dossier, à Londres, elle était partie au seul endroit où elle voulait se réfugier, directement dans les bras de sa mère, chez elle. Là-bas, elle s'était toujours sentie en sécurité, même si ses parents ne lui avaient pas tout dit, même s'ils l'avaient surprotégée.

— Pourquoi as-tu si peur alors que tu as vécu une enfance heureuse ?

Sa question lui rappela ce qu'elle avait mis trop de temps à comprendre, à savoir que ses parents l'aimaient, plus que tout.

— Je ne ressens pas que de la peur mais un tas d'émotions contradictoires.

— Tu as le droit de tout ressentir. Tu peux pleurer, si tu veux, tu peux renifler…

Amusée, elle esquissa un sourire.

— J'ai fait irruption dans ta vie et je l'ai bouleversée, poursuivit-il. Mais tu retrouveras tes marques, je te le promets, et je t'aiderai.

— Comment peux-tu me guider alors que tu ne connais pas non plus le chemin ? Et que tu ne me connais pas ?

— Que devrais-je savoir, selon toi ?

— Je…

Le vertige la saisit. La pièce lui semblait trop petite, tout à coup. Elle avait l'impression d'étouffer.

Que devait-il savoir ? Il méritait de connaître les parties expurgées de son histoire, les parties qu'elle seule connaissait.

Elle aspira une bouffée d'air pour se donner du courage.

— Quelles parties du rapport me concernant as-tu lues ?

— La partie la plus importante.

— C'est-à-dire ?

Elle avait besoin de savoir ce qu'il savait déjà et ce qu'elle devrait lui dire.

— J'ai découvert où te trouver.

— C'est tout ? Juste mon adresse ?

— Puis-je m'asseoir ? À côté de toi ?

— Je…

— Si tu ne le veux pas, je n'insiste pas.

Elle regarda l'espace qui les séparait.

— Si, si, tu as raison, tu devrais t'asseoir à côté de moi. Nous devrions découvrir, ensemble, le verdict du test.

En quelques pas, il la rejoignit et se percha à l'autre extrémité du canapé puis il regarda le test, et elle le regarda.

Son cœur se serra dans sa poitrine. Le moment était arrivé, le moment de lui avouer la vérité, avant qu'ils ne regardent le test, son histoire en échange de la sienne.

— Dis-moi ce que tu sais de mon passé et je remplirai les blancs.

— Je sais que ton nom de naissance est Flora Campbell. Tu es la fille d'une femme nommée Clara Campbell et d'un père inconnu. Tes parents t'ont adoptée à l'âge de quatorze semaines et tu es devenue Flora Bick.

— C'est tout ? Tu n'as pas vu dans mon dossier que ma mère biologique était toxicomane ? Qu'elle était dépendante aux drogues dures ?

Elle déglutit, refusant de détourner le regard malgré sa nervosité.

— Ces substances étaient dans mon organisme à ma naissance. Je suis née toxicomane.

Sa poitrine lui faisait mal.

Elle vit ses doigts longs se serrer sur ses genoux. Tout à coup, elle avait envie de lui prendre les mains, pas pour lui mais pour elle-même.

Tant bien que mal, elle s'accrocha à son regard pour se donner le courage de poursuivre.

— J'ai une personnalité addictive.

— Je sais, tu me l'as dit cette nuit-là, à Londres.

L'avait-elle dit ?

Elle avait l'impression d'en avoir tant dit et pourtant si peu. Elle refoula son envie de revivre chaque moment de leur aventure, chaque mot, chaque caresse, chaque baiser, et se força à se concentrer sur le présent.

— Je suis obsédée, je suis impulsive…

— C'est ton impulsivité qui t'a menée jusqu'à moi.

Il ne la touchait pas mais ses mots la touchaient en plein cœur. Son pouls battait désormais à toute allure.

— Et si je donnais ces mauvais côtés au bébé ? Et si je ne pouvais pas...

Elle peinait à trouver les mots.

— Comment un bébé pourrait-il être mauvais ?

— Mes parents m'ont toujours encouragée à garder le contrôle de mes émotions, à me laisser guider par ma tête et non par mon cœur, à mesurer mes impulsions en fonction des conséquences qu'elles pourraient avoir. Je n'ai pas fait cela à Londres. Ce soir-là, je voulais juste... Toi.

— Notre attirance ne doit pas être considérée comme toxique. Elle est naturelle, Flora. C'est humain de désirer. À Londres, tu as agi librement, tu étais poussée par tes sentiments et tu les as exprimés sans retenue. Être libre n'est pas une mauvaise chose.

— Être libre..., répéta-t-elle, troublée.

Il se passait quelque chose d'étrange dans sa poitrine. Tout à coup, elle se sentait plus légère. Le fardeau des attentes qu'elle avait porté toute sa vie était en train de s'envoler.

— Et si tu oubliais la peur ? Et si tu prenais juste le test de grossesse pour regarder le verdict ?

Ses yeux se rivèrent aux siens et elle s'y accrocha, comme à une ancre qui la maintiendrait stable alors qu'elle se sentait dériver.

— Je comprends ta peur, Flora.

— Comment peux-tu la comprendre ?

— Je comprends les peurs incontrôlables, ces sentiments qui vivent en nous et que nous ne pouvons pas changer. Ma mère était dépressive. Ce n'est qu'à l'adolescence que je me suis rendu compte qu'il s'agissait d'une maladie. Avant cela, je pensais juste qu'elle était très en colère. Contre moi.

Il leva la main pour l'empêcher de l'interrompre.

— Ta mère biologique était toxicomane, la mienne était malade. Tu penses que la maladie de ta mère pourrait vivre en toi et expliquer ton impulsivité ? Dans ce cas-là, alors la maladie de ma mère pourrait aussi être dans mes gènes. La différence entre le passé et le futur est le choix que nous faisons, les connaissances que nous utilisons pour nous guider et prendre les bonnes décisions.

— C'est pour cette raison que tu m'as dit que tu m'épouserais avant même que nous sachions le résultat du test ?

Elle déglutit, essayant d'organiser dans son esprit tout ce qui s'était passé au cours des dernières heures.

— Parce que tu...

— Parce que j'ai besoin de savoir que ce qui est à moi est en sécurité. Je vous protégerai, tous les deux, je t'en fais la promesse.

Elle le croyait, elle n'avait aucun doute sur cette question. Malgré tout...

— J'ai encore peur, Raffaele.

— Non, tu n'as pas peur, répondit-il, son regard se portant sur le test. Le bébé ne te fait pas peur. Tu as juste peur de la nuit où tu as baissé ta garde, où tu as libéré la femme qui était en toi.

Il posa une main sur son torse, les doigts écartés.

Si seulement elle pouvait la toucher, placer sa main sur la sienne.

— La femme que tu as libérée a bouleversé ton monde, poursuivit-il. Elle l'a ébranlé jusqu'à ses fondations.

— Elle a bouleversé ton monde également, répondit-elle, lui rappelant qu'elle n'était pas la seule victime de ses actes, le soir de leur rencontre.

— Tu as raison. Nous avons agi ensemble. Maintenant, nous devons en assumer les conséquences et décider qui nous devons devenir pour élever un enfant. C'est cela qui te fait peur, *piccolina*, n'est-ce pas ?

La chair de poule la gagna. L'émotion la tenaillait. Elle voulait réduire les centimètres qui les séparaient sur le canapé et le remercier d'avoir vu ce qu'elle ne pouvait pas voir.

Elle ferma les yeux. L'espace d'un instant, elle fit abstraction de lui, du test, de l'avenir, et plongea dans ses pensées. Elle vit la peur d'enfreindre les règles et de blesser ceux qui l'entouraient, et l'inquiétude à l'idée de ce qu'elle pourrait devenir si elle ne se maîtrisait pas, si elle ne contrôlait pas son impulsivité.

Au bout de quelques instants, elle rouvrit les yeux.

Elle l'avait désiré, et ensemble ils avaient peut-être fait un bébé. Et il avait raison, il n'y avait aucun problème.

— Sois courageuse, Flora. Choisis d'être toi-même. Pour toi, pour notre bébé.

— Tu es vraiment sûr que je suis enceinte ?

— Aussi sûr que je le suis de mon nom.

— As-tu toujours été aussi sûr ? De tout ?

— Toujours. J'ai toujours su ce que je devais faire et qui je devais être.

— Et tu te contentes d'agir ?

— Oui.

Était-ce aussi simple ?

Elle avait envie d'être courageuse. Elle voulait être elle-même, pour elle-même, à chaque instant. Elle aimait la femme qu'elle avait été à Londres, et elle aimait également la femme assise à côté de lui sur le canapé maintenant.

Directs et honnêtes, voilà ce qu'ils étaient l'un pour l'autre depuis qu'ils s'étaient rencontrés, physiquement à Londres et émotionnellement ici. Il n'avait pas détourné le regard de la personne qu'elle lui avait présentée. Au contraire, il l'encourageait à être elle-même.

Rassurée, elle tendit la main et attrapa le test. Elle leva ensuite les yeux vers lui. Il ne souriait pas. Il ne la pressait pas de retourner le test. Il se contentait d'attendre.

Elle prit une profonde inspiration puis enfin, le retourna.

Je suis enceinte.

Les larmes ne se mirent pas à couler comme elle s'y attendait. La peur ne fit pas se dresser tous les poils de son corps. Non, une joie tranquille s'installa simplement dans sa poitrine.

— Nous attendons un enfant, murmura-t-elle sans pouvoir s'empêcher de sourire.

— Nous attendons un enfant, répéta-t-il d'une voix rauque.

La bombe avait explosé et pourtant les éclats ne transperçaient pas sa peau. À sa grande surprise, elle se sentait déterminée, forte, suffisamment en sécurité pour explorer ses sentiments. L'homme à ses côtés lui donnait de la force. Son calme lui faisait l'effet d'une couverture, il l'apaisait et, tout à coup, un torrent d'affection la submergeait, le besoin de protéger son enfant, de lui offrir tout son amour, comme ses parents l'avaient fait avec elle.

Elle comprenait aujourd'hui leur côté surprotecteur. Ils avaient agi ainsi parce qu'ils l'aimaient, parce qu'elle était leur fille, quelles que soient ses origines. Elle était Flora Bick, fille de fermiers, et elle aimait ses parents. Avaient-ils été des parents parfaits ? Non, bien sûr, mais ils avaient fait du mieux possible, par amour pour elle, avec un amour aussi profond et puissant que celui qu'elle ressentait déjà pour le bébé dans son ventre.

Son bébé.

— Je dois appeler ma mère.

— Si tu veux, *piccolina*.

Il fouilla dans sa poche intérieure, lui tendit son téléphone et, les doigts tremblants, elle le saisit.

— Et ensuite ?

Il prit son visage en coupe et la regarda droit dans les yeux. Il la regarda vraiment et, pour la première fois, elle se sentit vue, avec tous ses défauts exposés.

— Appelle ta mère et ensuite, nous parlerons.

Bonne idée. Ils avaient besoin de discuter calmement de ce qui allait suivre.

Voulait-elle se concentrer sur le bébé ? Ou voulait-elle que ce moment soit consacré à eux ? Ils étaient désormais liés par le plus grand des secrets, ils allaient devenir une famille.

Étaient-ils juste de futurs parents ? Ou bien juste d'anciens amants ? Il n'y avait qu'une seule façon de le savoir...

Elle se pencha jusqu'à sentir la chaleur de son souffle sur sa bouche. Un centimètre de plus et ses lèvres rencontreraient les siennes.

Un tremblement la parcourut et, émue, elle ferma les yeux.

À sa grande surprise, il ne posa pas ses lèvres sur ses lèvres mais sur son front puis, avant qu'elle ait pu analyser ce que ce type de baiser signifiait, il se releva.

— Appelle tes parents. Dis-leur que tu es en sécurité et que tu es enceinte de mon enfant mais précise-leur bien que tu ne rentreras pas à la maison.

Sans un mot de plus, il partit, refermant la porte derrière lui.

Elle enleva alors ses chaussures et replia ses jambes sur le canapé. Sans quitter du regard le test de grossesse, elle composa ensuite le numéro de téléphone de sa mère.

Après avoir parlé de tout et de rien pendant quelques minutes, elle lui annonça qu'elle était sur le point de devenir mère à son tour et qu'elle espérait pouvoir aimer son bébé autant qu'elle et son père l'aimaient.

Elle lui annonça également qu'elle allait épouser Raffaele Russo.

Flora Bick serait son épouse.

Parce qu'elle était Flora Bick, fille de producteurs laitiers.

Elle l'avait toujours été.

Sa mère sanglota puis lui susurra des mots d'amour mêlés à quelques notes d'inquiétude mais surtout, à un torrent de joie.

Lorsqu'elle mit fin à l'appel, elle pouvait toujours entendre la voix excitée de sa mère dans son oreille.

Il était temps d'arrêter d'ignorer ses désirs, se répéta-t-elle jusqu'à s'en convaincre. Après tout, ils étaient naturels.

Désormais, elle allait écouter son instinct en commençant par prendre un bain dans cette luxueuse baignoire qu'elle apercevait.

7

Raffaele examina la longue table sur laquelle étaient installés deux couverts et de quoi nourrir au moins une dizaine de personnes. Jamais cette table n'avait vu autant de nourriture.

La salle à manger était largement ouverte sur l'océan avec d'immenses baies vitrées de tous les côtés, sauf sur le mur qui menait à la chambre.

La chambre où elle se trouvait en ce moment même.

Il posa une main sur son torse. Sa poitrine était en feu à l'idée de la savourer...

Sa raison le rappela à l'ordre et il refoula cette idée. Elle prendrait son petit déjeuner et il se contenterait de la regarder. Il ne la dévorerait pas.

Il n'avait pas eu besoin du test de grossesse pour savoir qu'il avait eu raison de tout faire pour la retrouver. Son bébé grandissait en elle. Il allait être papa.

Il avala un verre d'eau glacée et sentit le liquide descendre dans sa gorge sans parvenir à atténuer la brûlure qu'il ressentait.

Il s'était ouvert à Flora comme il ne s'était jamais ouvert à quiconque. Devant elle, il avait fait remonter à la surface des souvenirs qu'il avait enterrés pendant des années et les avait évoqués comme s'ils n'avaient aucune importance, aucune conséquence sur sa vie.

Il lui avait raconté son histoire, il lui avait exposé ses faiblesses, et elle l'avait écouté.

Pourquoi l'avait-il fait ? Pourquoi lui avait-il raconté son histoire ?

Parce qu'il n'avait pas pu s'en empêcher, la réponse était aussi simple que cela. Par contre, il ne s'attendait pas à se reconnaître, comme dans un miroir, dans les confidences qu'elle lui avait faites en échange.

L'aveu de ses craintes lui avait fait prononcer des mots qu'il n'avait jamais articulés à haute voix auparavant, des mots qu'il avait enfouis au plus profond de lui. Maladie mentale, rejet, abandon...

Leurs faiblesses respectives avaient-elles créé un lien entre eux, une connexion ?

Il grimaça. Non, il ne s'agissait pas d'une connexion, juste d'alchimie, d'une réaction purement physique. De toute façon, cela n'avait aucune importance. Seul le bébé comptait, et la santé de Flora.

Était-elle pour lui un simple ventre hébergeant son bébé ?

Non, bien sûr que non. Flora lui faisait ressentir des choses, il ne pouvait le nier.

La sensation de brûlure dans sa poitrine s'accentua.

Était-il malade ? Avait-il attrapé un virus ?

Il posa une main sur son front. Non, il n'avait pas de fièvre. Alors que lui arrivait-il, bon sang ?

Un bruit à la porte le sortit soudain de sa réflexion.

Était-ce son chef ? Lui apportait-il de nouveaux plats ?

— *Entra.*

— Raffaele...

Non, ce n'était pas son chef, c'était elle. Flora.

Il tourna les yeux vers ce petit bout de femme qui s'était infiltrée dans sa vie et l'avait bouleversée, et la dévisagea. Ses cheveux sombres, presque noirs, étaient encore humides.

— Flora...

Sitôt qu'il prononça son nom, un goût sucré se posa sur sa langue et apaisa la sensation de brûlure dans sa gorge. À la place, un désir ardent l'envahit. Tout à coup, il avait envie de se rapprocher de leur bébé, de se rapprocher d'elle. Il rêvait de passer ses doigts dans ses cheveux soyeux, de la caresser...

— Pourquoi as-tu frappé ? lui demanda-t-il, tentant de se reprendre et d'ignorer son parfum envoûtant.

— Par politesse. Je frappe toujours quand une porte est fermée. Par contre, si elle est ouverte, j'entre.

Elle avança dans la pièce et son regard descendit vers sa cheville sur laquelle il apercevait une cicatrice encore rose. L'émotion le gagna. Tout à coup, il avait envie de poser ses lèvres sur cette imperfection et de lui faire oublier sa douleur.

Il la regarda approcher et s'attarda sur la peau laiteuse de ses jambes. Il remonta jusqu'à l'endroit où l'ourlet de sa chemise blanche frôlait ses cuisses élancées.

Lorsqu'elle s'arrêta enfin à ses côtés, sa chaleur irradia instantanément tout son corps et sa température grimpa de quelques degrés.

Elle lui tendit son téléphone et ses yeux se portèrent aussitôt sur ses doigts, si fins, si élégants... Il les effleura et une décharge électrique le traversa.

Cette fameuse alchimie.

Elle recula brusquement et dégagea sa main. À l'évidence, elle aussi avait senti cette alchimie.

Il leva les yeux vers elle, debout à côté de lui. Son parfum s'infiltrait dans ses narines, une odeur délicate qu'il n'arrivait pas à reconnaître. Elle lui paraissait pourtant familière. D'ailleurs, il serait capable de la reconnaître entre mille.

— Les portes ouvertes ne sont pas toujours une invitation à entrer, *piccolina*.

— Parfois, il est difficile de résister à la tentation.

À ces mots, l'atmosphère se modifia magiquement. Le souvenir du moment qu'il avait partagé, six semaines plus tôt, lorsqu'elle était entrée dans son repaire sans y être invitée, revint à sa mémoire et se mit à pulser entre eux. L'air devint plus électrique et sa raison vacilla.

Il mourait d'envie de la goûter, de savourer ses lèvres et sa peau, comme ce jour-là...

Il aurait dû l'embrasser tout à l'heure. Il aurait dû capturer ses lèvres lorsqu'elle l'avait invité à le faire. Il aurait dû célébrer la confirmation de sa grossesse de la même manière que leur relation avait commencé, en libérant son désir intense d'être en elle.

Pourquoi ne l'avait-il pas fait ?

Parce que ce n'était pas le moment.

Non, c'était un mensonge. Il avait refoulé son désir parce qu'il avait peur de qui il était avec elle.

Non ! Il n'avait pas peur. Jamais. Il contrôlait tout, toujours.

— Tu es la mère de mon enfant à naître, tu n'as pas besoin de frapper, reprit-il enfin après avoir ravalé son désir. Tu peux entrer dans n'importe quelle pièce, t'asseoir à n'importe quelle table, tu n'as besoin de la permission de personne.

— Même pas de la tienne ?

— Pas même de la mienne, répondit-il trop vite, trop facilement.

Il n'avait plus qu'une envie, se lever, repousser sa chaise et agripper ses hanches. Il rêvait de la plaquer sur la table, de repousser les assiettes couvertes de cloches d'argent, de s'insinuer entre ses cuisses douces et de la posséder. Il avait envie de laisser tomber le contrôle, comme il l'avait fait six semaines plus tôt, de faire sauter chacun des boutons de la chemise qu'elle portait et de savourer sa peau palpitante.

Elle était nue sous sa chemise, il pouvait distinguer les ombres roses de ses seins, si sensuels, si envoûtants...

Sentant sa virilité se réveiller, il se força à effacer l'image qui venait d'apparaître dans sa tête, celle d'une Flora nue entre ses bras, gémissant de plaisir. Ce n'était pas le moment de l'embrasser alors que son contrôle ne tenait plus qu'à un fil.

Il se racla la gorge et détourna le regard, rompant volontairement le charme. Il posa ensuite son téléphone sur la table, à côté de son assiette vide puis avala sa salive pour rassembler ses esprits.

— Tu veux manger quelque chose ? lui demanda-t-il en soulevant une cloche d'argent, dévoilant une pâtisserie enrobée de chocolat.

— Je préférerais me changer, avant.

Il reposa la cloche.

— Ma chemise ne te convient pas ?

Elle fronça le nez et tendit les bras jusqu'à faire disparaître ses mains dans ses manches.

— Elle est un peu grande, non ?

— Ne t'inquiète pas, de nouveaux vêtements, à ta taille, vont t'être livrés dans quelques minutes.

— Des vêtements pour moi ?

— Tu m'as volé ma chemise.

— Je l'ai juste empruntée.

— Allez, assieds-toi et mange. Tu te changeras plus tard.

Il espérait que ce serait bientôt, sinon il allait exploser. Son désir était en train de le rendre fou, de lui faire perdre la tête.

— En plus des vêtements, tu recevras un ordinateur portable et un téléphone.

— C'est gentil mais tu n'es pas obligé de m'acheter quoi que ce soit.

Elle s'assit dans le fauteuil à côté de lui et examina la table.

— Tes repas sont toujours aussi formels ?

— On ne peut pas dire que l'ambiance soit très formelle, tu ne portes qu'une chemise.

Elle laissa échapper un petit rire, aussi léger qu'un souffle avant de soulever une cloche, puis une autre, et la brûlure dans sa poitrine réapparut peu à peu.

— Des crêpes, des œufs... Tu as demandé à ton chef de préparer tout ce qui existe pour le petit déjeuner ?

Oui, c'était ce qu'il avait fait.

— Tu n'avais pas petit-déjeuné.

Il jeta un coup d'œil à sa montre. À cette heure, peut-être aurait-il dû plutôt commander à déjeuner.

— Fais-moi la liste des plats que tu préfères et le chef les préparera.

— Pour moi ?

— Bien sûr, pour qui d'autre ?

— Pour toi, par exemple.

Elle attrapa plusieurs crêpes puis se servit de salade de fruits.

— Chez moi, je me contente de manger ce qui est dans mon assiette.

Elle retroussa ses manches, dévoilant ses avant-bras délicats.

— Mes parents sont producteurs laitiers. Il y a donc toujours des produits laitiers sur la table. Tu manges aussi ?

— Non, j'ai déjà mangé.

Couteau et fourchette en main, elle prit une profonde inspiration.

— Tu ne me demandes pas comment s'est passé mon coup de fil ?

— Ta conversation avec ta mère ne m'intéresse pas. La seule famille qui m'importe est celle qui est assise à cette table.

Surprise, elle releva la tête. Elle ne comprenait pas sa réaction.

— Moi, ça m'intéresse !

— Il faudrait donc que je m'y intéresse également ?

Elle posa ses couverts et le regarda droit dans les yeux.

— Il s'agit de mes parents. Ils comptent pour moi.

— Mais pourquoi compteraient-ils pour moi ?

L'image d'un garçon aux cheveux noirs bouclés apparut dans son esprit, un garçon coupant un morceau de pain et le tendant à l'ombre d'une femme qui ne s'était jamais conduite comme une mère. La famille était une notion qui lui était étrangère.

— Mes parents sont aussi ta famille, maintenant.

— De quoi ont-ils besoin ? L'exploitation a-t-elle des problèmes financiers ? Combien veulent-ils ?

— Ils ne veulent rien. La ferme est très rentable.

— Dans ce cas-là, ils n'ont pas besoin de moi.

— Il n'est pas question d'argent, Raffaele ! Nous allons avoir un bébé, nos familles vont donc... Elles vont fusionner.

Elle le regarda grimacer. Pourquoi fronçait-il à nouveau les sourcils ? Elle avait envie de se lever et de placer son pouce à la base de ces lignes pour les effacer. Elle se retint cependant et attendit plutôt qu'il comprenne ce qu'elle voulait dire.

Ils étaient tous de la même famille maintenant, qu'il le veuille ou non.

— Tu prendras mon nom, reprit-il enfin avec autorité.

— Mes parents seront toujours ma famille. D'ailleurs, l'anniversaire de ma mère est dans deux semaines.

— Nous serons en Sicile à ce moment-là.

— En Sicile ? Je croyais que tu vivais ici, sur le bateau.

— Nous ne pouvons pas élever notre enfant sur un yacht.

— Tu veux élever le bébé en Italie ?

— En Sicile, corrigea-t-il.

— Là où tu as grandi ?

— Exactement.

— Pourquoi ? Je croyais que le village était à l'écart de tout.

— Le village a évolué.

— Il a évolué grâce à toi, si j'ai bien compris.

Il acquiesça.

— Aujourd'hui, il n'y a plus de problème de transport. Nous n'aurons donc aucun problème pour nous rendre à l'hôpital. D'ailleurs, le nécessaire pour ton suivi est déjà en train d'être mis en place.

— De quoi parles-tu ?

— Je parle du médecin, de celui qui s'assurera que ta grossesse se déroule comme prévu.

— Pourquoi ce ne serait pas le cas ?

— Tu en discuteras avec le médecin. En attendant, ce n'est qu'une formalité, une ligne à cocher sur ma liste.

— Tu as une liste ?

— Oui.

— Qu'y a-t-il sur cette liste ?

— T'acheter des vêtements. Rentrer en Sicile. Nous marier…

— Nous marier ?

— La semaine prochaine, répondit-il, comme si c'était la chose la plus normale au monde.

Il s'interrompit quelques instants et regarda par la fenêtre les nuages qui s'assombrissaient, avant de reprendre :

— Si le temps le permet, nous nous marierons plus tôt encore.

— Pourquoi si vite ?

— Pourquoi pas ? Après le mariage, nous devrons préparer la maison pour la naissance de notre enfant.

— La maison où tu as grandi ?

— Oui.

— J'ai bien sûr envie de voir où tu as grandi mais je pense que mes parents aimeraient te rencontrer avant.

— C'est impossible.

— Pourquoi ? Je ne comprends pas.

Elle avait besoin d'explication.

— Mon pilote a pris l'hélicoptère pour aller te chercher des vêtements. Sitôt qu'il sera de retour, nous lèverons l'ancre. Nous arriverons en Sicile dans quelques jours, au plus tard dans une semaine.

Il ne lui demandait pas son avis ? Elle n'était pas d'accord.

Déterminée, elle redressa les épaules et prit son air le plus sérieux avant de répondre :

— Premièrement, tu dois me demander si je veux t'épouser, plutôt que de me donner des ordres. Deuxièmement, si j'accepte de t'épouser, tu dois vérifier que j'accepte de prendre ton nom.

— Faut-il que je m'agenouille devant toi, également ?

Sa gorge se noua et le rouge lui monta aux joues. Le souvenir de ses baisers gourmands venait de revenir à sa mémoire, la troublant, mais elle se força à l'ignorer.

— Inutile de te mettre à genoux, les mots suffiront.

— Flora ?

Nerveuse, elle déglutit tant bien que mal.

— Raffaele.

— Veux-tu m'épouser et prendre mon nom ?

— Me poses-tu une seule question ou bien deux ?

Il écarquilla les yeux.

— Pardon ?

— Si je dis oui au mariage, mais non à l'adoption de ton nom, cela annule-t-il instantanément la première question, de sorte que la seconde n'a plus vraiment d'importance ?

Depuis son arrivée sur le yacht, il essayait de prendre le contrôle de sa vie. Lui en était-elle reconnaissante ? Lui en voulait-elle ? Sans doute un mélange des deux.

— Flora ?

Elle sortit de ses pensées.

— Pourquoi évites-tu ma question ?

— Laquelle ? Celle concernant le mariage ou celle concernant ton nom ?

— Il ne s'agit que d'une seule et même question et tu le sais très bien.

— C'est vrai.

— Mais si je comprends bien, tu n'es pas prête à y répondre.

Était-elle prête à répondre à sa question ?

Elle hocha la tête. Pour le moment, elle avait juste accepté l'idée du mariage. Maintenant qu'il lui posait officiellement la question, il faisait de cette possibilité une réalité, or elle ne voulait pas que la décision soit prise par quelqu'un d'autre. Elle voulait être actrice de sa propre vie. Elle ne voulait pas se contenter d'être passive, d'obéir et de suivre les volontés de quelqu'un d'autre.

— Ai-je vraiment le choix ? Ou bien me poses-tu la question simplement parce que j'ai insisté pour que tu le fasses ? Si je n'en avais pas parlé, aurais-tu levé l'ancre et pris la direction de la Sicile sans m'avertir ?

— Oui, je l'aurais fait.

Elle croisa ses mains sur son ventre et baissa les yeux vers son assiette intacte. Elle appréciait son honnêteté, mais...

— Si je ne te donne pas de réponse maintenant, que feras-tu ?

— J'attendrai.

— Jusqu'à ce que tu obtiennes la réponse que tu souhaites ?

— Jusqu'à ce que tu me donnes une réponse qui soit la tienne, et la tienne seulement.

La sienne et seulement la sienne ? Elle aspira une grande bouffée d'air et la garda dans sa poitrine jusqu'à ce qu'elle la brûle.

— Et si tu devais attendre pour toujours ?

— Pour toujours... C'est long. D'un autre côté, je te demande également de t'engager pour toujours.

Il se tut et haussa les épaules, comme s'il était indifférent, ou comme s'il devinait qu'elle finirait par lui donner la réponse qu'il voulait, à condition qu'il soit patient.

— Pour être honnête, reprit-il, je ne comprends pas ton hésitation à te marier.

— C'est à cause de mon passé. Jusqu'à présent, je n'ai jamais eu le choix, j'ai toujours été passive. Aujourd'hui, je veux participer activement à ma vie, je veux être actrice de ma vie.

— Explique-moi.

— Mes parents m'ont toujours encouragée à être rationnelle, à ignorer mes sentiments. Si j'avais un doute, je devais choisir la solution la plus sûre, ne surtout pas prendre de risque.

— Pourquoi ?

— Cela les rassurait. J'ai été scolarisée à la maison, à l'abri de tout ce qui aurait pu...

— Ce qui aurait pu réveiller tes tendances à la dépendance ?

— Exactement. Mais je l'ignorais, à l'époque. J'ai donc fait tout ce qu'ils m'ont demandé sans poser de questions. J'ai essayé d'être la fille parfaite qu'ils désiraient.

— En agissant ainsi, tu as négligé ce que toi, tu voulais.

Elle laissa échapper un long soupir.

— Exactement.

— Quel genre de fille voulaient-ils que tu sois ?

— Ils voulaient avant tout que je sois en sécurité. Je le comprends seulement maintenant que j'ai découvert les secrets de mon adoption.

— Ils voulaient te protéger de toi-même ?

Elle acquiesça d'un signe de la tête.

— Mais si tu n'étais pas autorisée à laisser libre cours à ta véritable personnalité, comment tes parents pouvaient-ils savoir que tu étais un risque pour toi-même ?

— Ils ont simplement agi ainsi parce qu'ils m'aiment.

Pour toute réponse, il hocha la tête.

— Si le mariage n'était pas une option, que ferais-tu ? Serais-tu prête à être une mère célibataire ou te tournerais-tu vers l'adoption ?

— L'adoption...

Elle repensa à la mère de Raffaele qui ne se souciait pas de son fils puis à sa mère biologique, qui l'avait abandonnée.

Elle avait envie de croire que celle-ci l'avait abandonnée par amour, pour lui permettre de grandir dans une famille aimante.

Évidemment, ses parents adoptifs avaient commis des erreurs, mais comme tous les parents. Le plus important, c'était l'amour débordant qu'ils lui portaient et elle désirait la même chose pour son bébé.

— L'adoption ne sera jamais la solution pour moi.

— Je te présente juste les alternatives qui s'offrent à toi, si tu choisis de ne pas...

— Je ne veux d'aucune de ces options.

— Alors que veux-tu ?

— Je...

Il repoussa sa chaise, réduisit la distance qui les séparait et, avant qu'elle n'ait pu l'en empêcher, s'agenouilla devant elle.

— Tu ne devrais pas avoir peur de toi-même ou de tes pensées.

— Que se passe-t-il dans ta tête, à toi ?

Elle était curieuse, elle avait envie de mieux le connaître.

— J'aimerais que tu répondes à une autre question, Flora.

— Je t'écoute.

— Pourquoi es-tu allée à Londres ?

— J'y suis allée pour récupérer mon dossier d'adoption. J'avais appris six mois auparavant que mes parents n'avaient pas de lien biologique avec moi. J'étais tombée...

— Et tu t'étais cassé la cheville ?

— Comment le sais-tu ? C'est ton détective privé qui te l'a révélé ?

— J'ai vu ta cicatrice.

Il attrapa son pied droit et, de son pouce, effleura la cicatrice rose qui courait le long de sa cheville droite.

— Comment est-ce arrivé ? lui demanda-t-il sans cesser de la caresser.

Elle se mit à trembler.

— J'ai écouté mon instinct plutôt que la raison. Il y a eu un orage, le vent a déplacé des tuiles sur le toit de la grange, il fallait les remettre en place.

— Tu as voulu réparer le toit.

— J'ai voulu réparer le toit.

Il reposa son pied sur le sol et plaça ses mains sur les accoudoirs de part et d'autre de ses bras mais elle ne se sentait pas piégée. Au contraire, elle se sentait comme dans un cocon, protégée du monde et de ce qu'il attendait d'elle. Face à Raffaele, elle avait l'impression d'être dans une bulle où elle pouvait être libre, où elle pouvait être enfin elle-même.

— Je suis tombée et je me suis cassé la cheville. En un instant, tout ce que mes parents craignaient s'était produit.

Il avait suffi d'un mauvais choix de sa part pour que la situation dégénère.

— Mes parents ont toujours connu les véritables circonstances de ma naissance et les substances présentes dans mon organisme. Elles étaient également mentionnées dans mon dossier médical. Le médecin de l'hôpital m'a donc expliqué que je devais faire attention aux analgésiques puissants qu'il voulait me prescrire en raison de mes antécédents de toxicomanie. C'est à ce moment-là que mes parents m'ont avoué que j'avais été adoptée. Après cela, j'ai fait tout ce que j'ai pu pour retrouver mes parents biologiques.

— Tu es donc allée à Londres.

— Oui, six mois plus tard, pour récupérer mon dossier d'adoption.

— Pourquoi portais-tu une robe de bal, ce soir-là ?

— Je l'ai vue dans une vitrine, je l'ai essayée, j'ai adoré la sensation de la soie sur ma peau... Et j'ai craqué. Pour la première fois, je n'ai pas réprimé mes envies.

— Et l'hôtel ? Peu de filles d'agriculteurs séjournent au Priato.

— Je voulais oublier ma vie, juste pour une nuit, et vivre des expériences que je n'avais jamais vécues. J'ai donc pris une chambre et...

— Tu m'as trouvé au moment où ton monde implosait ?

— Oui.

— Et maintenant qu'il implose à nouveau, tu as besoin d'un peu de temps pour faire le point sur tes émotions avant de prendre une décision rationnelle.

Il l'avait comprise. Il avait compris pourquoi elle ne pouvait pas accepter sa proposition maintenant, même si elle le désirait.

Raffaele se pencha vers elle et la regarda droit dans les yeux.

— Qu'est-ce que ton instinct t'ordonne de faire ?

— De t'épouser, avoua-t-elle avec sincérité.

En fait, elle avait déjà pris sa décision. Elle avait juste besoin de comprendre pourquoi elle faisait ce choix. Était-ce un coup de tête ? Était-ce une décision raisonnable ?

— Fais confiance à ton instinct.

— Et si c'était la mauvaise décision ?

— Et si c'était la bonne ? rétorqua-t-il.

Son cœur battait désormais à tout rompre dans sa poitrine, si fort qu'elle avait peur de plonger dans ses prunelles et de s'y noyer.

— Et toi, lui demanda-t-elle soudain, pourquoi étais-tu à Londres ?

Il se releva.

— Je t'ai déjà expliqué pourquoi.

— Tu étais en deuil.

Son regard était de plus en plus noir mais elle insistait parce qu'elle voulait savoir, elle voulait comprendre. Elle voulait le comprendre.

— Mais pourquoi Londres ? Pourquoi ce...

Elle s'interrompit en entendant frapper à la porte.

Elle sauta sur ses pieds comme une adolescente effrayée et trébucha contre sa poitrine. Ses paumes sur son torse musclé, elle leva les yeux vers son visage. Elle pouvait sentir son cœur battre sous ses doigts dans un bruit sourd et lourd qui faisait écho au sien.

Avant qu'elle puisse lui demander de ne pas répondre, il se dirigea vers la porte et l'ouvrit.

Après quelques minutes de murmures en italien avec la personne qui se trouvait sur le seuil, il se tourna vers elle.

— Le capitaine lèvera l'ancre dans un quart d'heure, lui annonça-t-il.

Son regard lui indiquait que le moment était venu.

Elle devait prendre une décision.

Elle dévisagea ce bel homme avec lequel elle avait conçu un bébé. Elle lui avait avoué ses doutes et ses désirs et il l'avait écoutée. Il s'était mis à genoux et lui avait parlé de ses sentiments, sans jugement, sans pression.

Il ne lui avait pas ordonné d'ignorer ses émotions, mais au contraire de les écouter avant d'examiner les choix qui s'offraient à elle.

En fait, elle n'avait pas à choisir entre ses sentiments et la raison. Elle pouvait tout à fait combiner les deux.

Elle était prête à se lancer, sa décision était prise.

L'idée de la liste qu'il avait en tête, et dont elle ignorait le contenu, s'insinua dans un coin de son esprit, mais elle se força à se concentrer sur lui, sur le moment présent.

— Je suis prête, lui annonça-t-elle enfin.

Elle fit un pas vers lui et son cœur se gonfla d'une sensation inconnue.

De l'impatience ? Non, de l'excitation.

Elle n'était plus qu'à quelques centimètres de lui lorsqu'il s'écarta brusquement et une femme apparut devant elle.

— Grace va te montrer ta chambre.

À ces mots, son excitation s'évapora instantanément.

— Ma chambre ? Et toi, où dormiras-tu ?

— Dans mon lit.

Sans moi ? faillit-elle lui demander mais elle se retint.

Ils allaient séjourner dans des chambres séparées, dans des lits séparés... Elle comprenait enfin pourquoi il avait refusé sa bouche, un peu plus tôt.

La réponse était simple, il ne voulait pas d'elle. Seul le bébé l'intéressait.

8

Le self-control.

Cela faisait quatre jours qu'il essayait tant bien que mal de s'y accrocher, et chaque jour, Flora revenait à lui. Parce qu'il le fallait et qu'elle portait son bébé.

Elle était en sécurité sur son yacht et le resterait. Il prendrait soin d'elle, il l'écouterait mais il ne partagerait pas son lit. Il ne perdrait plus le contrôle en caressant sa peau douce. Il n'embrasserait plus les adorables petites taches de rousseur sur son nez, il n'admirerait plus ses interminables cils... Jamais il ne pourrait la protéger s'il se permettait d'aller trop loin ou s'il s'autorisait à éprouver des sensations.

Pourtant, chaque jour, ses grands yeux bruns le suppliaient et il pouvait y lire un désir intense.

Lui aussi, il la désirait. Il ressentait un désir intense quand elle lui posait des questions sur ses hôtels, sur ses rénovations... Elle lui avait demandé de nombreux détails sur son entreprise et il avait répondu avec sincérité. Par contre, il s'était contenté de rester vague lorsqu'elle l'avait interrogé sur sa famille.

Non, il n'avait aucune famille, pas de cousins, pas de tantes, juste lui.

Il n'y avait toujours eu que lui.

Généreux, les habitants de son village lui avaient bien offert des assiettes de pâtes fraîches à emporter chez lui, mais personne ne l'avait jamais invité à s'asseoir à sa table.

De son côté, elle aussi lui avait raconté sa vie, assise à côté de lui sur le canapé, une couverture remontée jusqu'à son menton, laissant simplement sortir ses pieds, des pieds élégants et fins qu'il avait eu envie d'attraper et de masser.

Il avait cependant résisté à la tentation. Il ne l'avait pas touchée, il l'avait simplement écoutée, ce qui était un comportement nouveau pour lui. D'habitude, il n'écoutait jamais ses conquêtes, ces femmes qui paradaient à son bras, parées des bijoux étincelants qu'il leur offrait avant de les délaisser lorsque son désir diminuait.

Hélas, son désir pour Flora ne diminuait pas. Au contraire, son attirance pour elle s'intensifiait alors il se forçait tant bien que mal à prêter attention à ses mots plutôt qu'à son corps. D'ailleurs, il aimait entendre sa voix. Et elle aimait parler.

Elle lui avait raconté sa vie à la ferme. Elle lui avait parlé de ses cousins, de ses tantes et de ses oncles, de son enfance au sein d'un foyer uni, des anniversaires, des Noëls, des vacances en famille... À l'entendre, sa famille était également la sienne, désormais.

Le tonnerre gronda et il serra le rail métallique devant lui. La pluie était de plus en plus forte. Le bateau tanguait mais il ne lâchait pas prise. Impossible.

— Monsieur ?

Il se retourna vers son capitaine.

— Nous ne l'avons toujours pas trouvée, l'informa l'homme.

La colère le gagna.

— Vous disposez de tous les moyens technologiques pour naviguer sans carte, vous avez vingt employés sous vos ordres et vous ne pouvez pas localiser une seule passagère ?

Le capitaine lui tendit un parapluie mais il le repoussa. Il préférait laisser les éléments se déchaîner sur lui et punir son corps. Il méritait d'être puni, il l'avait perdue.

— Elle est toujours à bord du navire.

— Comment le savez-vous ? Vous en avez la preuve ?

— Nous avons jeté l'ancre il y a moins d'une heure.

— Pourtant, tout le monde n'est pas au garde-à-vous, rétorqua-t-il d'un ton tranchant.

Il passa la main dans ses cheveux et repoussa les mèches humides.

— Un bateau de cette taille est suffisamment bien équipé pour faire face à n'importe quelle tempête, reprit son capitaine.

Il serra les dents. Il savait que son bateau était capable de résister à des conditions météorologiques extrêmes, il avait passé la moitié de sa vie en mer.

Les tragédies ne lui étaient cependant pas étrangères.

Il refoula ses souvenirs et se concentra sur le présent.

Son bateau était un yacht très moderne. La passerelle abritait des radars du dernier cri capables de leur donner les prévisions météorologiques les plus précises. Des caméras enregistraient également tout ce qui se passait dans les différents points stratégiques du bateau.

— Avez-vous vérifié les images de la vidéosurveillance ? demanda-t-il à l'officier, serrant les poings pour essayer d'étouffer l'envie de l'attraper par le col et de le secouer jusqu'à ce qu'il lui donne la réponse qu'il désirait entendre.

— Oui, nous les avons vérifiées. Rassurez-vous, nous finirons par la trouver.

Il essuya tant bien que mal la pluie qui ruisselait sur son visage.

— Retournez sur votre pont, capitaine, occupez-vous de vos responsabilités et je m'occuperai des miennes. Je la retrouverai.

Son cœur se serra. Il avait échoué. Encore une fois.

Personnel et passagers étaient sous sa responsabilité. Ce n'était pas la faute de son capitaine si une tempête tropicale exceptionnelle se dirigeait tout droit vers eux alors qu'ils étaient au milieu de la mer Méditerranée. Ce n'était pas sa faute si la tempête avait obligé tout le personnel à quitter son poste.

Il regarda les vagues. Elles lui faisaient penser à un troupeau d'étalons en colère galopant à toute vitesse vers lui.

Il jeta un coup d'œil à sa montre.

Il était presque 6 heures mais que représentait le temps lorsqu'une obsession le tenaillait ?

Il était de sa responsabilité de s'assurer que chaque membre d'équipage et chaque passager était en sécurité. C'était sa mission de prendre en compte chaque danger imprévu, de s'en prémunir et de protéger les siens.

Ce n'était pas la faute du capitaine si Flora n'était pas dans sa cabine. Elle aurait dû être dans son lit, à lui, à côté de lui... En sécurité.

Or elle ne l'était pas.

Il serra les poings. Il l'avait trouvée une fois, il la retrouverait une nouvelle fois.

Seuls ses orteils émergeaient de la couverture rouge aux bords dorés.

La cachette parfaite.

Parmi tous les coins et recoins du yacht, toutes les chambres, toutes les suites, elle avait choisi de venir ici ? Au Sky Lounge.

Il regarda la pluie s'abattre sur le toit en verre.

Cela faisait-il plusieurs minutes ou plusieurs heures qu'il était là ? Il l'ignorait. L'important, c'était qu'il l'avait retrouvée.

Quelques minutes plus tôt, dans un salon simplement éclairé par la faible lumière du ciel, il avait avancé en silence et il l'avait enfin aperçue.

Il demeura immobile devant sa délicate silhouette blottie sous la couverture. Elle dormait paisiblement sans se soucier de la tempête, sans se soucier de lui.

Il ferma les yeux et s'imprégna de son parfum subtil. Était-ce du soulagement qu'il ressentait ? Non, cela ne ressemblait pas à du soulagement. Sa gorge était serrée par l'émotion, il ne pouvait pas respirer.

— Raffaele...

Son cœur se mit à taper contre sa cage thoracique. Dans sa bouche, son nom ressemblait à une douce caresse.

Il se concentra sur son visage rougi par le sommeil puis regarda la couverture glisser sur son épaule nue tandis qu'elle se redressait et ramenait ses jambes devant elle. Elle ne portait qu'un gilet de soie bleue et un short assorti.

Toutes les émotions qu'il avait retenues, tous les sentiments auxquels il n'avait pas donné de nom jusqu'à présent, remontèrent peu à peu à la surface. En colère, il serra les poings.

— Ne me refais plus jamais ça !

— De quoi parles-tu ?

Curieuse, elle se leva et s'approcha de lui. Jamais elle n'avait vu ses traits aussi tirés, aussi sévères.

Elle le dévisagea. Le pull-over noir moulant épousait parfaitement tous les muscles de son torse, révélant des abdominaux parfaitement ciselés.

Il était trempé jusqu'aux os et avait l'air complètement perdu. Ses beaux yeux semblaient hantés.

Sans réfléchir, elle posa sa main sur sa joue.

— Que s'est-il passé ?

Il la repoussa d'un haussement d'épaules qui lui fit l'effet d'un coup de poing en plein cœur.

— Raffaele ?

La pluie s'abattait de plus belle sur le toit en verre, le tonnerre résonnait.

— C'est à cause de la tempête ?

— Je ne te trouvais pas, répondit-il, la mâchoire crispée.

— Je n'arrivais pas à dormir.

— Tu t'es donc réfugiée dans le salon le plus éloigné de ta chambre ? Tu es allée dans le coin le plus sombre du bateau et tu t'es cachée sous une couverture ?

— Je ne me suis pas cachée.

Les mains sur les hanches, elle le dévisagea, prête à un combat qu'elle ignorait comment gagner car elle n'en comprenait pas les enjeux.

— Je me suis juste endormie en écoutant la pluie, lui expliqua-t-elle en se forçant à respirer lentement. Il n'y a aucune raison de se mettre en colère.

— Je ne suis pas en colère. Je suis fou de rage !

— Tu m'as dit que je pouvais franchir n'importe quelle porte, que je pouvais m'installer où je le voulais…

— Pas pendant une tempête !

Elle l'observa attentivement, ses muscles tendus, le râle de sa respiration qui faisait monter et descendre son torse…

— Tu es…, commença-t-elle avant de poser ses mains sur son torse. Tu es trempé. Il faut à tout prix que tu retires ton pull.

Ses mains trouvèrent l'ourlet de son pull mais ses doigts la stoppèrent dans son effort d'éloigner la laine mouillée de sa peau.

— Que s'est-il passé ? insista-t-elle. Ai-je fait quelque chose de mal ?

Rapide comme l'éclair au-dessus d'eux, il relâcha son emprise sur elle et recula.

— Pourquoi as-tu si peur ?

— Je n'ai pas peur.

Il s'agissait d'un mensonge. Il était terrifié, elle le voyait.

— Tu n'as aucune raison d'être en colère contre moi, rétorqua-t-elle d'une voix douce, comme si elle essayait de ne pas heurter la bête qu'il contenait en lui. Qu'est-ce qui t'a transformé en un tel…

— Un tel monstre ? termina-t-il à sa place.

— Je n'aurais pas choisi ce mot mais tu sembles avoir du mal à contenir ton énergie.

Elle n'avait pas peur de son pouvoir, ni de son émotion à peine contenue.

— Ce n'est pas la tempête qui te fait peur, n'est-ce pas ?

Ses entrailles se tordirent. Son cerveau se remémorait toutes les conversations qu'ils avaient eues depuis qu'ils avaient quitté la ferme.

— Tu as eu peur pour moi ?

Elle avait la bouche sèche. Tout à coup, elle avait la chair de poule, elle se sentait exposée, nue.

Elle passa ses doigts sur ses bras et les croisa sur sa poitrine.

Elle lui avait fait peur.

Elle se réfugia dans sa tête, dans son corps, là où elle allait toujours quand elle se trompait ou blessait ceux qu'elle aimait.

Qu'elle aimait ?

Elle ravala la douleur dans sa gorge et regarda plutôt l'homme qui observait chacun de ses mouvements avec une telle intensité qu'il électrisait tous ses sens. Comment pouvait-elle envisager de ressentir de l'amour pour lui alors qu'il ne voulait pas d'elle ?

Il voulait le bébé mais il ne voulait pas partager son lit avec elle.

Et dire qu'elle avait cru qu'un lien s'était formé entre eux...

— Pourquoi as-tu eu peur ?

Elle pensait avoir compris les règles, mais ce n'était pas le jeu auquel elle croyait jouer.

— Je pensais que nous devenions amis, que nous étions en train de trouver une sorte de terrain d'entente, un compagnonnage, une base pour le mariage, puisque nous ne ferons pas l'amour...

Il laissa échapper un grognement mais elle l'ignora.

— Tu étais inquiet parce que tu n'arrivais pas à me trouver.

Elle sentait les larmes lui piquer les yeux mais hors de question de se transformer en épave émotionnelle. Hors de question d'opter pour la solution de facilité.

— Tu pensais que j'allais faire quoi ? Rester dehors et attendre que la foudre me frappe ? Tu pensais que j'allais compromettre ma sécurité ou celle du bébé ?

Il s'approcha d'elle.

— Flora...

— Ne me dis pas que j'ai tort !

Elle recula jusqu'à ce que l'arrière de ses jambes touche le canapé.

— Tu te trompes.

Elle pointa un doigt tremblant contre sa poitrine.

— Ton bateau est conçu pour résister aux conditions les plus extrêmes, c'est toi qui me l'as dit.

— En cas de tempête, rien n'est jamais sûr.

— Tu as eu peur pour moi.

Ses vieilles blessures refirent surface. La grange, la chute, sa nuit à Londres… Tout le monde avait-il raison de ne pas lui faire confiance ?

— Comment pouvons-nous nous marier dans ces conditions ?

— Tu es enceinte.

— Oui, je suis enceinte, mais comment puis-je me marier avec toi si tu ne me fais pas confiance ?

9

— Ce n'est pas toi, marmonna-t-il, c'est...

Son instinct lui ordonnait de se taire, de ne pas faire resurgir le souvenir qu'il avait enfoui au plus profond de lui-même.

Il savait parfaitement bien pourquoi il avait réagi de façon excessive, pourquoi il avait dirigé vers elle toute la douleur qu'il refoulait et l'avait transformée en colère.

Une colère qui était en train de se muer en culpabilité.

Il l'avait blessée et la seule façon qu'il avait maintenant d'arranger les choses... Non, hors de question de partager ces souvenirs avec Flora, même si les images étaient là dans son esprit, pesantes, étouffantes.

Pendant trois jours, personne n'avait remarqué sa disparition, personne n'avait tiré la sonnette d'alarme. Personne n'avait pris de nouvelles de sa mère ni...

Les mots ne venaient pas. Impossible de parler.

— Comment as-tu pu imaginer que je me mettrais en danger ? lui demanda-t-elle, le ramenant au présent.

— Ce n'est pas ce que j'ai pensé.

Il serra les poings pour résister à son envie de l'attirer à lui et de presser son corps frissonnant contre le sien.

Était-il son ami ? Son compagnon ? Son amant ?

Il refoula ces questions. Il n'avait pas besoin d'amie, il ne pouvait pas se permettre d'être son amant et il ne méritait pas de compagne.

Pourtant, elle lui avait offert cette compagnie, depuis son arrivée. Elle lui avait parlé de l'avenir, de son passé dans un foyer débordant d'amour, elle lui avait également parlé de sa nouvelle famille. Et lui, comment avait-il réagi ? Il avait ignoré tous ses mots d'espoir. Pourquoi ? Parce que sa mère l'avait négligé.

Stop ! Le problème, ce n'était pas sa mère, c'était lui !

Il lâcha un long soupir. Oui, le problème, c'était lui. Sa réaction excessive trouvait ses racines dans son enfance aux côtés d'une mère qui ne l'avait jamais protégé. Alors il avait fait de même avec Flora, il avait détourné le regard et négligé ses responsabilités.

— J'ai cru que je t'avais mise en danger, admit-il enfin. Je n'arrivais pas à te trouver…

Elle enroula ses bras autour de son torse et il la laissa faire.

Bon sang, que lui arrivait-il ? C'était une catastrophe !

— Je n'ai jamais été en danger, Raffaele.

— Mais moi, j'avais perdu ta trace, grogna-t-il. Or le protocole veut qu'en cas de conditions météorologiques extrêmes, le personnel et les passagers soient recensés et…

— Je suis désolée, l'interrompit-elle. Je ne savais pas qu'un orage en mer pouvait être dangereux.

— Ce n'est pas un orage mais une tempête qui va encore se renforcer avant de se calmer.

— Je l'ignorais.

— Il était de ma responsabilité de te prévenir, *piccolina*.

— Je ne suis pas sous ta responsabilité.

— Si, tu portes mon enfant, tu aurais dû être dans mon lit.

— C'est toi qui m'as installée dans une autre chambre !

— Il le fallait. Je devais garder le contrôle.

— Tu as donc décidé de mettre de la distance physique entre nous. Pourquoi ?

Incapable de s'en empêcher, il s'approcha d'elle et agrippa ses coudes comme si elle était le dernier point d'ancrage possible, le seul canot de sauvetage disponible avant qu'il ne plonge dans l'inconnu.

— Tu n'apprécies pas ma compagnie, *picollina* ? Je n'ai pas réussi à te divertir sans te faire l'amour ?

Il devait savoir. Il devait savoir si, malgré ce qu'ils avaient partagé, tout ce qu'elle désirait, c'était juste le milliardaire, l'homme qui n'offrait aux femmes que du sexe.

— Bien sûr que si, répondit-elle. Ces quatre derniers jours ont été réels et sincères.

Réels ? Sincères ? Ces deux mots lui firent l'effet d'un coup de poing en plein cœur et il vacilla.

Oui, les moments qu'ils avaient partagés avaient été réels. Jamais il n'avait passé autant de temps avec une femme et jamais il n'avait écouté une femme lui faire des confidences.

Bien sûr, il avait déjà écouté des femmes lui parler mais il ne les avait jamais entendues, il n'avait jamais voulu comprendre ce que signifiaient leurs mots ni cherché à savoir ce qu'ils révélaient d'elles.

Mais il avait écouté Flora, et il l'avait entendue.

S'était-il conduit comme un idiot en agissant ainsi ?

— Les couples ne se contentent pas de partager un lit. Les couples discutent, s'inquiètent l'un pour l'autre, se disputent...

— Les couples se font également confiance, le coupa-t-elle. Mes parents...

— Tes parents ne sont pas le sujet. Il s'agit de nous.

— Tu m'as dit que tu n'avais jamais eu de relation longue et moi non plus. Mais mes parents... Bien sûr, ils se disputent à propos de petites choses, mais ils se font confiance, ils se soutiennent l'un l'autre. Mon père n'imagine pas immédiatement le pire lorsqu'il pleut et qu'il ne sait pas où se trouve ma mère parce que...

Elle s'arrêta un instant avant de reprendre d'une petite voix :

— Parce que le soir venu, mes parents dorment dans le même lit.

Le tremblement dans sa voix réveilla son sentiment de

culpabilité. Si seulement il pouvait la débarrasser de la douleur qu'il lui avait infligée.

— Ils forment un véritable couple, reprit-elle. De notre côté, je ne sais pas ce que nous sommes, ni ce que nous pouvons devenir lorsque je vois que tu t'es transformé en bête sauvage juste parce que tu ne me trouvais pas pendant un orage.

— Ce n'est pas un orage mais une tempête.

Il l'attira contre sa poitrine et, instantanément, magiquement, son désir explosa. Flora était à lui.

— Pas une seule fois je n'ai pensé à ton passé pendant que je te cherchais, marmonna-t-il, la voix bourrue.

Non, son inquiétude avait été purement égoïste. Il devait savoir qu'elle était en sécurité, qu'elle était sous sa protection.

La tête haute, le visage défiant, elle le regarda droit dans les yeux.

— Menteur !

— Pourquoi te mentirais-je ?

Elle passa le bout rose de sa langue sur ses lèvres et, comme par magie, des étincelles s'allumèrent partout en lui.

— Tu as besoin de moi pour le bébé mais tu ne veux pas vraiment de moi, poursuivit-elle d'un ton accusatoire.

D'accord, il lui avait fait croire cela mais c'était juste pour tenter de garder le contrôle.

Désormais, il devait cependant être honnête, avec lui-même et avec elle.

— Je veux me marier et je veux aussi notre bébé.

Il plongea dans son regard et y lut de la tristesse.

— Je n'ai jamais cessé de te désirer, ajouta-t-il sans attendre.

— Tu me désires ?

— Et toi, que veux-tu, *piccolina* ?

— Peu importe ce que je veux, tu ne me fais pas confiance.

À ces mots, son désir s'accrut encore.

Elle méritait la vérité, une vérité qu'il ne pouvait plus nier. Une vérité qu'il ne lui refuserait pas plus longtemps parce qu'elle avait raison.

— C'est à moi que je ne fais pas confiance.

— Pourquoi ?

Tout à coup, il avait l'impression qu'un barrage venait d'être rompu. Il ne pouvait plus attendre, il devait lui avouer la vérité.

— Il y a des années, j'ai été pris au piège dans une tempête à cause d'un arbre qui était tombé. Je n'ai pas pu rentrer chez moi pendant trois jours. J'étais coincé, trop loin de la maison et trop loin du village pour appeler à l'aide.

— Ta mère n'est pas venue te chercher ?

Il secoua la tête.

— Quel âge avais-tu ?

— Onze ou douze ans. Je traversais la forêt pour atteindre le village voisin, nous avions besoin de manger mais personne dans mon village n'avait de petit boulot à me proposer en échange d'un peu de fromage ou d'une assiette de pâtes. Il a commencé à pleuvoir, d'abord légèrement puis l'orage s'est déchaîné. Le vent…

— Que s'est-il passé ?

— Je suis tombé, ainsi qu'un arbre. Je suis resté coincé dessous pendant trois jours.

— As-tu été blessé ?

— Ce n'étaient pas mes éventuelles blessures qui m'inquiétaient, ni la faim. Ni même la pluie. Le problème, c'était que je ne pouvais pas rentrer pour…

— Pour prendre soin de ta mère.

— J'ai été retrouvé trois jours plus tard par Mateo, le propriétaire du bar du village. L'arbre m'avait sauvé. Il m'avait abrité alors que personne ne savait que j'avais disparu. Je n'avais pas de fracture, juste des ecchymoses mais ma mère…

Il essaya de tenir à distance ce douloureux souvenir mais il était si puissant qu'il inondait tous ses sens et le bouleversait.

— Quand on m'a raccompagné chez ma mère, je l'ai trouvée en état de choc. Elle n'avait pas mangé depuis plusieurs jours. Je ne me pardonnerai jamais de ne pas être rentré à la maison, de ne pas m'être occupé d'elle pendant la tempête…

— Tu aurais pu mourir !

— Je suis vivant, mais ma mère… Un jour de plus et…

Un nouveau souvenir revint à sa mémoire, lui faisant l'effet d'un coup de poing en plein cœur. Un souvenir qu'il n'était pas prêt à partager, sinon elle comprendrait que cette tempête n'était pas la seule fois où il avait laissé tomber sa mère alors qu'elle avait besoin de lui.

Sa deuxième absence avait été fatale à sa mère.

Il vit une larme rouler sur sa joue et il ferma les yeux. Il ne méritait pas sa pitié. De ses doigts fins, elle effleura sa mâchoire mais il repoussa sa tendresse.

— Regarde-moi, Raffaele. Ouvre les yeux. Tu ne peux pas contrôler la météo, tu n'es pas responsable des tempêtes. Tu ne l'étais pas à l'époque et tu ne l'es pas davantage aujourd'hui.

Il ne répondit pas. Impossible.

Elle saisit sa main et la posa sur sa poitrine. Aussitôt, il perçut le bruit sourd de son cœur battre contre sa paume.

— Je suis en sécurité, insista-t-elle avant de faire descendre sa main entre ses seins et de la poser sur son ventre. Et le bébé l'est également.

— *Piccolina*…

Elle méritait de connaître la vérité, de savoir pourquoi il ne l'avait pas invitée dans son lit, pourquoi il n'avait pas été là pour affronter la tempête avec elle.

— Ces quatre derniers jours… Je t'ai tenue à distance parce que…

— Parce que ? l'encouragea-t-elle, sa main toujours posée sur la sienne, sur son ventre qui abritait un bébé.

Leur bébé.

— Le soir de notre rencontre, j'étais hors de contrôle. Je m'étais autorisé à perdre le contrôle. Et quand tu as fui et que j'ai compris que tu pouvais être enceinte, je me suis promis de ne plus jamais me laisser aller à de tels sentiments. Le problème, c'est qu'avec toi, j'ai l'impression de devenir…

— Incontrôlable ?

Il déglutit bruyamment.

— Complètement incontrôlable.

— Tu as peur de l'homme que tu es avec moi ?

— J'ai peur de l'homme que je pourrais devenir. J'ai peur d'oublier mes responsabilités et de ne pas être capable de te protéger.

— Alors nous nous protégerons l'un l'autre.

Elle prit son visage en coupe.

— Nous pouvons très bien nous protéger mutuellement, Raffaele. Et nous pouvons garder le contrôle.

Elle posa brièvement ses lèvres sur les siennes, avant de reprendre :

— Le désir est naturel, c'est toi-même qui me l'as expliqué. Alors montre-moi que tu n'as pas peur de moi, parce que moi, je n'ai pas peur de toi. Et tu ne devrais pas avoir peur de toi-même non plus. Faisons en sorte que notre relation fonctionne, parce que nous le désirons, parce que nous le décidons.

À ces mots, ses derniers murs de protection s'effondrèrent. Incapable de résister plus longtemps, il plaqua sa bouche sur la sienne et enfouit ses doigts dans ses cheveux aussi doux que la soie.

Sa décision était prise.

Il s'empara de sa bouche et elle s'agrippa à ses épaules, elle se lova contre son corps en feu.

— J'ai tellement envie de toi que j'ai mal, avoua-t-il contre sa bouche. Le désir… Le désir peut être douloureux.

Elle se dégagea de son étreinte, juste assez pour atteindre l'ourlet de son pull. Il leva instinctivement les bras pour qu'elle le lui enlève.

Il tremblait.

Elle jeta le pull à ses pieds puis posa sa main sur son torse nu.

— Fais-moi confiance. Fais confiance à ton corps pour te dire ce dont il a besoin parce que j'ai besoin de toi.

Elle retira son gilet.

— Je te veux, Raffaele, et je crois que c'est le bon choix. Fais-moi confiance.

En était-il capable ? Réprimant un grognement, il saisit ses poignets et attira sa poitrine nue contre la sienne.

Il la désirait. Il désirait ses mots. Il désirait sa douceur.

Il avait fait son choix. Il allait faire confiance à la vérité de cet instant. Un instant qui ne durerait cependant peut-être que le temps de la tempête.

Son baiser était pressant, exigeant, gourmand et, sous le charme, elle s'abandonna.

Elle se laissa aller à cette passion qu'ils se refusaient depuis quatre jours et quatre nuits.

Elle n'avait plus qu'une envie, sentir son torse musclé s'écraser contre ses seins tendus et ses mains expertes sur sa peau en feu.

Des idées osées plein la tête et les doigts tremblants, elle s'attaqua à sa ceinture. Hors de question de se priver de ce qu'ils désiraient tous les deux. Hors de question de laisser ses doutes l'empêcher d'exprimer ses besoins. Elle avait confiance en son désir et maintenant, il devait lui faire confiance.

Elle le désirait lui, la personne qu'il avait été ces quatre derniers jours, l'homme qui frémissait contre elle.

Elle voulait ce moment et elle voulait qu'il dure pour toujours.

Elle était tombée amoureuse de cet homme qui voulait la protéger, qui voulait l'épouser.

Au plus profond de son âme, elle savait que la peur ne l'éloignerait plus de la vie. Désormais, elle allait laisser libre cours aux désirs de son corps et aux besoins de son cœur.

Qu'était la vie sans risques ? Sans choix ? Une simple liste à cocher, or elle ne voulait plus d'une telle vie. Elle voulait avoir le choix et elle était prête à prendre des risques. Avec Raffaele à ses côtés, elle se sentait suffisamment en sécurité pour explorer les limites et peut-être même les dépasser.

— J'ai besoin de toi en moi.

Désormais, elle était suffisamment forte pour exprimer ses désirs à haute voix.

Pour toute réponse, il agrippa ses fesses, la souleva et, sans jamais cesser de l'embrasser, recula jusqu'à ce que son dos rencontre le mur.

La tempête hurlait autour d'eux. Le désir rugissait entre eux.

— Aime-moi, Raffaele. Aie confiance en toi pour m'aimer. Maintenant.

Il pressa son érection contre elle.

Ils haletaient tous les deux.

— Répète-le, *piccolina*. Dis-moi que tu as besoin de moi en toi.

— J'ai besoin de toi en moi.

D'un geste brusque, il écarta sa culotte puis ferma les yeux avant de s'enfoncer en elle.

— Raffaele !

Elle s'accrocha à lui, exhalant son plaisir tandis qu'il possédait son corps avec une intensité féroce.

C'était cela, la vie. C'était cela, l'amour.

Elle prit son visage en coupe.

— Regarde-moi. Ouvre les yeux et regarde-moi.

Sans cesser d'aller et venir en elle, il obéit.

— J'ai confiance en toi. Tu peux lâcher prise, maintenant

Pour toute réponse, il crispa la mâchoire.

— Fais-toi confiance.

— Je...

Elle sentait qu'il se retenait, qu'il s'accrochait à la peur ; alors, déterminée, elle bascula les hanches. Elle s'arc-bouta et l'invita encore plus profondément dans son intimité.

— Jouis pour moi, Raffaele. Libère-toi.

Il donna un dernier coup de reins.

— Oui... Oui !

Ses yeux ne quittant jamais les siens, il accéléra son tempo.

— Flora ! cria-t-il en explosant enfin.

Elle l'imita quelques secondes plus tard, s'accrochant à l'homme dont elle était amoureuse, le père de son bébé, l'homme qu'elle allait épouser.

Il enfouit sa bouche dans le creux de son cou tandis qu'elle caressait ses cheveux humides et haletait au rythme de sa respiration, leurs cœurs fous pressés l'un contre l'autre.

Reprenant son souffle, elle posa ses lèvres sur son front et savoura sa chaleur. Elle n'était pas encore prête à lui confesser son amour, pas au milieu de cette tempête qui avait mis son corps et son esprit en ébullition.

— Cela n'aurait pas dû se passer ainsi, murmura-t-il soudain.

— De quoi parles-tu ?

Avait-il encore peur ?

Elle avait vécu avec ce sentiment toute sa vie, alors elle l'avait reconnu dans sa colère, quand il avait cru qu'elle avait disparu.

— Je suis venu à toi sous le coup de la colère... Je n'aurais jamais dû t'imposer mes réactions à cause du passé, je m'en rends compte maintenant.

— J'ai fait la même chose. Nous avons refoulé nos peurs respectives en...

— En faisant l'amour.

Rompant leur intimité, il se retira puis la reposa sur le sol. Il remonta ensuite son jean, attrapa la couverture posée sur le sol et l'enroula autour de ses épaules, dissimulant sa nudité. Même si leur corps-à-corps était terminé, elle n'était pas rassasiée. Elle voulait toujours l'explorer, explorer ses sentiments et l'obliger à explorer les siens.

Hélas, il avait reculé. Il avait reculé physiquement mais aussi émotionnellement, comme si les mots qu'ils avaient chuchotés entre leurs baisers n'avaient jamais été prononcés, comme s'il n'avait pas évacué, entre ses bras, le pouvoir que la tempête avait sur lui.

— Notre corps-à-corps n'aurait pas dû être aussi animal. Où est le problème ?

— Nous avons juste laissé libre cours à notre désir.

— Cela n'aurait pas dû se passer ainsi pour toi.

— Pourquoi ? Je te désirais, tu me désirais…

— Tu es enceinte et je… Je t'ai prise contre un mur sans douceur, sans ménagement. J'aurais pu te faire du mal ou faire du mal au bébé.

— Tu ne m'as pas fait de mal. Je ne suis pas devenue soudainement fragile parce que je suis enceinte.

— Comment le sais-tu ?

— J'ai grandi dans une ferme.

— Je te rappelle que nous ne sommes pas des animaux, rétorqua-t-il en passant une main lasse sur son visage.

Elle laissa sa respiration se calmer et essaya de faire le vide dans son esprit. Ce n'était pas le plaisir qu'il lui avait donné qui avait fait naître les mots d'amour dans sa tête. C'était lui, cet homme qui remplissait son esprit, son corps et son cœur.

Elle le dévisagea avec attention. Même s'il ressentait des sentiments pour elle, il n'était pas prêt à l'admettre.

Et elle, l'était-elle ?

Oui, elle était prête parce qu'elle l'avait décidé. Désormais, elle refusait d'ignorer ses sentiments. Mais lui ? Six semaines plus tôt, il avait dévoré son corps pour tenter de consoler son chagrin. Aujourd'hui, il lui avait fait l'amour à cause du souvenir d'une tempête qui aurait pu le tuer.

Si elle pouvait le persuader d'explorer cette facette sensuelle de leur relation, peut-être y avait-il un espoir.

— Nous allons rester enfermés sur ce bateau encore quelques jours, n'est-ce pas ?

— Oui.

— Dans ce cas-là, je veux en profiter jusqu'à ce que nous touchions terre. Jour et nuit, continuons à explorer cette alchimie qui brûle entre nous.

— Tu veux la consumer ?

— Je veux la comprendre, corrigea-t-elle. Je veux lui donner une place dans notre vie avant de nous marier, avant d'avoir un bébé, pour que tu n'aies plus peur.

— Je n'ai pas peur du sexe.

— Mais tu as peur de faire l'amour avec moi. Pourquoi ? À cause de l'intensité ?

Ses yeux s'assombrirent.

— Je ne peux pas te protéger quand je suis enfoui profondément en toi.

— Je n'ai pas besoin de protection. J'ai besoin de... J'ai besoin que tu arrêtes de passer sous silence notre attirance l'un pour l'autre. Et si ton but est de me protéger, quel meilleur moyen que me garder près de toi ? N'as-tu pas dit que si j'avais été dans ton lit, tu aurais pu me protéger de la tempête ?

— Flora...

— Viens, allons nous coucher. Acceptons que cette alchimie fasse partie de notre vie.

Le regard intense, il s'approche d'elle.

— Les choses que je pourrais t'apprendre, *piccolina*...

Ses yeux descendirent de sa gorge jusqu'à ses larges épaules musclées, puis jusqu'aux fins poils noirs qui recouvraient ses abdominaux avant de s'épanouir en V sous son jean.

Comme par magie, son désir se réveilla une nouvelle fois.

— Apprends-moi, Raffaele.

Ce garçon que sa mère n'avait pas assez aimé, et que son père avait rejeté, ne comprenait pas la famille, il ne connaissait pas l'amour.

Elle, elle connaissait l'amour.

— Veux-tu que je t'apprenne les plaisirs du corps ? lui demanda-t-il.

— Oui.

Il posa son pouce sous son menton et leva son visage pour la regarder dans les yeux.

— Alors je te les apprendrai, jusqu'à ce que le désir s'émousse, ajouta-t-il.

— Si jamais il s'émousse.

— Il s'émoussera.

— C'est ce que tu espères ?

— Je veux juste être capable de me maîtriser, de te toucher sans perdre la tête.

— Alors aime-moi jusqu'à ce que tu puisses te contrôler, jusqu'à ce que tu puisses me toucher sans ressentir ce que je ressens quand tu me touches.

— Que ressens-tu lorsque je te touche ?

— Du désir. Encore et encore.

Il passa son pouce contre la pulsation qui battait dans sa gorge.

— Et maintenant ?

— Je veux faire l'amour encore une fois.

— La tentation de recommencer ne t'effraie plus ? Ce sentiment t'a pourtant fait fuir, il y a six semaines.

— Je ne suis plus cette femme, aujourd'hui. Je n'ai plus peur.

— Tu devrais avoir peur.

— Pas de toi. Et pas de moi-même.

Désormais, elle se sentait forte, puissante.

Elle laissa la couverture glisser de ses épaules puis saisit ses hanches et se lova contre son corps brûlant.

— Jusqu'à ce que nous quittions le bateau, dit-il, approchant sa bouche de la sienne.

— Ou pas, répondit-elle.

— Le désir disparaîtra.

Elle enfonça ses mains dans ses cheveux et fit danser sa langue avec la sienne. Pendant qu'il lui enseignerait les plaisirs du corps, elle lui apprendrait l'amour. Elle lui apprendrait à faire confiance à l'amour, comme elle lui avait fait confiance.

10

Raffaele glissa le premier bouton gris dans la boutonnière, puis le deuxième, le troisième et ainsi de suite, méthodiquement, sans émotion. Il attrapa ensuite sa cravate et la noua autour de son cou.

Après avoir mis sa veste de costume, il jeta enfin un coup d'œil à son reflet. Il contempla l'homme qui était monté sur ce bateau sept jours plus tôt et qui, quoi qu'il se soit passé entre-temps, s'apprêtait à débarquer.

Un homme en costume, un milliardaire, maître de lui en toutes circonstances.

Décidé, il se retourna, faisant claquer ses chaussures sur le carrelage de marbre. Sa poitrine était en feu, et pourtant il ne souffrait d'aucun problème cardiaque. Ce qui le brûlait, c'était la conscience de l'homme qu'il avait été ces derniers jours.

Mais il allait reprendre le contrôle de lui-même, de sa vie, de celle de Flora, et de celle du bébé. Il allait mettre un terme, définitif, à cette parenthèse hors du temps.

Saisissant sa liste sur la table, il entra dans sa chambre et demeura immobile pendant quelques instants, repensant à la façon dont Flora avait bouleversé sa vie, ces derniers jours.

Flora… Elle était partout.

Il voyait le peignoir blanc qu'il avait drapé sur ses épaules après leur baignade, et qu'il avait jeté sur le dossier d'une chaise dès qu'ils avaient fermé la porte de leur chambre.

Il apercevait sa culotte noire sur le sol, une culotte qu'il avait lentement descendue le long de ses cuisses élancées, hier soir, avant de se glisser entre ses jambes et de la goûter.

D'ailleurs, il pouvait toujours percevoir la saveur de son intimité sur ses lèvres, réveillant son désir.

Ces derniers jours, rien n'avait pu assouvir ce désir de saisir ses hanches voluptueuses, de la plaquer sur n'importe quelle surface disponible et de la posséder, encore et encore.

Dans la piscine.

Sur le parquet.

Sur le canapé.

Sur le lit.

Lentement, il laissa son regard glisser sur chaque élément de preuve jusqu'à ce qu'il arrive à Flora elle-même, encore endormie, un drap blanc remonté jusqu'à ses hanches, son dos nu exposé, ses cheveux bruns étalés sur l'oreiller, sa main posée sur la place qu'il avait laissée vacante.

Il était en effet sorti du lit et il n'allait pas y retourner. Impossible. Il ne pouvait pas être l'homme qui l'avait serrée entre ses bras.

Elle avait raison sur un point, il devait donner à la sensualité de leur relation une place dans leur vie. Il avait accepté de le faire mais cette parenthèse resterait à bord du bateau.

Dans le monde réel, il n'était pas l'homme qui avait succombé à sa douceur, ni l'homme qui avait accepté sa tendresse, ses câlins ou ses rires.

Son cœur se serra dans sa poitrine.

Hors de question de devenir vulnérable. Sur le bateau, la garder près de lui, en sécurité, avait été facile. Mais dans la maison sur la colline, il aurait besoin de rester raisonnable et pour cela, de garder ses distances.

Il redressa les épaules.

Ils allaient arriver en Sicile et sa maison, qui n'avait jamais été un foyer, le deviendrait. Pourquoi ? Pour se racheter ?

S'avançant dans la pièce, il refoula cette question. La décision de retourner dans cette maison n'avait rien à voir avec la rédemption et tout à voir avec le fait d'offrir des racines à son enfant.

Il s'assit au bord du lit et fit glisser ses doigts sur sa peau aussi douce que de la soie. Aussitôt, les souvenirs l'assaillirent. Ces derniers jours, il avait embrassé chaque centimètre carré de son corps de déesse. Il l'avait mémorisé avec sa langue, il l'avait savouré avec ses lèvres. Elle avait un goût si exquis qu'elle l'avait envoûté.

Le jour de la tempête, il avait laissé la bouffée de désir qui rugissait dans ses veines lui faire perdre la tête. Il avait cédé à la tentation de l'abandon, de l'oubli entre ses bras. Et il avait recommencé, encore et encore, pendant trois jours.

Et aujourd'hui, le désir brûlait toujours en lui. Il était toujours intact.

Flora bougea légèrement puis esquissa un sourire.

— Tu as pris une bonne douche ? lui demanda-t-elle d'une voix lascive.

Il retira sa main.

— Oui.

Repoussant la mèche de cheveux qui avait glissé devant ses yeux, elle le dévisagea.

— Tu t'es aussi rasé.

Elle tendit la main et la posa sur sa mâchoire. Il attrapa doucement son poignet pour ne pas dévoiler à quel point son contact l'affectait puis porta ses doigts à sa bouche.

Se forçant à rester maître de lui-même, il ferma brièvement les yeux mais son parfum l'enivrait, il l'ensorcelait.

Lorsqu'il rouvrit les yeux, il plongea dans ses prunelles lumineuses puis, sans attendre, lui tendit la liste qu'il avait rédigée.

Elle était persuadée que leur passion ne s'éteindrait pas d'elle-même, et elle avait raison. Malgré tout, la passion devrait prendre fin une fois qu'ils arriveraient dans leur nouvelle maison, il le savait.

La tempête à l'extérieur était terminée. Maintenant, il allait juste devoir contenir celle qui rugissait en lui.

— Il est temps de débarquer, *piccolina*.

— Nous débarquons ? lui demanda-t-elle en attrapant le papier qu'il lui tendait.

— Oui, dès que tu seras prête.

Elle se redressa, tira le drap pour couvrir ses seins puis baissa les yeux vers la liste.

— C'est une lettre ? Tu as numéroté pour compter les façons dont tu...

— Non, la coupa-t-il avant que le mot « amour » ne franchisse ses lèvres sensuelles.

— Dis donc, j'ai l'impression que quelqu'un a besoin d'un bon café, ce matin !

— J'en ai déjà bu plusieurs.

— Alors tu as peut-être un peu forcé sur la caféine, commenta-t-elle dans un souffle avant de se concentrer à nouveau sur sa note. C'est une liste, donc.

— Lis-la.

Ses yeux balayèrent la liste et les différents points notés à la date d'aujourd'hui : essayage de la robe, coiffeur, photographe, mariage...

— Tu veux te marier aujourd'hui ?

— Nous arriverons à Scarlata dans trois heures. Le coiffeur, les fleurs... Tout est arrangé. Nous nous marierons ce soir et demain...

Elle continua à examiner la liste.

— Et demain, j'ai rendez-vous chez le médecin ? s'étonna-t-elle en cherchant dans son regard l'homme qu'il était la nuit dernière.

Mais son visage était un masque impassible.

— Cette liste énumère toutes les questions qui doivent être réglées avant que notre nouvelle vie puisse commencer.

— Mais...

Elle ravala l'angoisse qui lui nouait soudain la gorge avant de reprendre :

— Je n'ai même pas choisi ma robe !

— Une robe n'est qu'un morceau de tissu, ce n'est pas important.

— J'aimerais pourtant la voir, la choisir… J'aimerais aussi avoir l'avis de ma mère.

— Tu auras le choix et ta mère verra des photos.

Abasourdie, elle demeura bouche bée.

N'avait-il pas écouté tout ce qu'elle lui avait dit sur sa famille ? Avait-il vraiment oublié l'importance que ses parents avaient pour elle ? Il se comportait comme s'il n'avait pas compris à quel point l'impossibilité de choisir par elle-même l'avait étouffée, durant son enfance et son adolescence.

— Le photographe installera son matériel dans l'église pendant que la styliste t'aidera à te préparer, continua-t-il en lui montrant le numéro trois de la liste.

— Dans l'église…

Pendant une semaine, ils avaient vécu sans routine, sans obligation, et voilà que ce matin, il lui présentait une liste précise de corvées à remplir, sans même lui demander son avis ?

— Tu pourras montrer les photos à ta famille. Ce sera comme si elle était là avec nous.

— Qui sera présent ?

— Uniquement toi et moi. Il s'agit juste d'une obligation légale pour assurer la protection de notre enfant.

— Dans ce cas-là, pourquoi se marier à l'église et pas seulement à la mairie ?

— Quand notre enfant aura grandi…

Elle l'interrompit en levant la main.

— L'église, la robe, le photographe… Tout cela pour un bébé qui n'a pas encore de nom ?

— Il portera mon nom, et toi aussi. D'ici ce soir, tu seras ma femme, tu seras *signora* Flora Russo.

— Et si je comprends bien, nous passerons le premier jour de notre mariage dans un cabinet médical ?

— Nous avons bien passé les trois derniers jours au lit.

— Pas uniquement.

Il lui avait fait toucher les étoiles mais il l'avait aussi tenue dans l'obscurité, contre son cœur, et l'avait écoutée lui raconter sa vie.

— Ces trois derniers jours...

— Qu'ont-ils représenté pour toi ? lui demanda-t-elle avant de pouvoir se retenir.

— Une parenthèse hors du temps. Mais la lune de miel est aujourd'hui terminée, il est temps de se concentrer sur ce qui compte.

— Et qu'est-ce qui compte ?

Ils avaient passé trois jours ensemble, sans liste, sans retenue, en totale liberté.

Apparemment, il était aujourd'hui temps d'apprendre de nouvelles règles, de nouvelles routines en tant qu'épouse.

Elle réprima un soupir. Elle ne savait que penser. La liste... Il avait rédigé sa liste sept jours plus tôt et depuis, rien n'avait changé pour lui. Tandis que pour elle...

À l'évidence, il n'avait rien appris de ces derniers jours.

Ce qui voulait dire qu'elle avait été un mauvais professeur. Elle aurait dû pouvoir lui dire qu'elle l'aimait, et il aurait dû lui dire qu'il l'aimait. Il aurait dû lui demander de préparer cette liste avec lui. Hélas, il l'avait rédigée sans elle, sans tenir compte de ses sentiments.

Les trois derniers jours n'avaient pas diminué leur désir. Malheureusement, elle n'avait pas été capable de lui montrer qu'il pouvait se laisser aller et oublier la maîtrise de soi.

Avec cette liste, il reprenait ce contrôle. Il reprenait le pouvoir.

Elle étudia l'homme assis sur le bord du lit, si proche et pourtant si loin d'elle. Il n'était plus que l'ombre de l'homme vulnérable de la tempête et de l'amant gourmand qui l'avait envoûtée.

Ces derniers jours n'avaient-ils donc rien signifié pour lui ?

Se sentait-il prisonnier à cause d'elle ? Cette liste lui permettait-elle de s'échapper ? Espérait-il, en quittant le bateau et en retournant à la réalité, oublier l'émotion et la passion ?

Pour le moment, elle voulait bien le laisser reprendre le contrôle.

De toute façon, elle était trop accablée pour réfléchir à ce que ce changement d'humeur signifiait ou à ce que sa liste impliquait pour leur avenir.

Réagissant comme elle le faisait toujours lorsqu'elle doutait de ses sentiments, de ses choix et ou des émotions intenses dans sa poitrine, elle décida de les ignorer.

— Bon, fit-elle alors en posant la liste sur ses genoux. Je vais faire ma valise.

Les heures qui suivirent passèrent à une vitesse vertigineuse. Elle commença par se doucher puis s'habilla avec une longue jupe corail et un haut assorti.

Sa nouvelle garde-robe était emballée dans trois nouvelles valises en cuir. Raffaele lui avait également offert un nouveau sac à main en cuir fauve, une sacoche pour son ordinateur et un nouveau téléphone.

Enfin prêts, ils s'installèrent dans l'hélicoptère.

La liste était dans sa poche, sur sa cuisse, à quelques millimètres de celle de Raffaele.

Ils survolèrent quelques villages côtiers d'un blanc étincelant puis des collines recouvertes de champs d'oliviers. Plus ils s'enfonçaient dans les terres, plus ils se rapprochaient de leur nouvelle vie et plus le silence était pesant.

Raffaele avait écrit, tout seul, le scénario de cette vie, pour elle et pour un bébé qui n'était pas encore là.

Il ne lui tenait pas la main, pourtant ce n'était pas lui qui pilotait aujourd'hui. À côté d'elle, il était sévère et aussi froid qu'une statue.

Le pilote leur annonça soudain qu'ils approchaient du village de Scarlata. Retenant son souffle, elle regarda par le hublot et aperçut un village coincé entre des montagnes vertigineuses avec des maisons aux toits rouges, de petites ruelles et d'adorables placettes. Le spectacle était magnifique.

Rassemblant son courage, elle rompit le silence.

— Quand es-tu revenu ici pour la dernière fois ?

— Jamais.

— Comment ça, jamais ?

— Après avoir vendu le gîte…

Il lui désigna une maison au milieu de la place centrale.

— Je n'ai jamais eu de raison de retourner au village. Je me suis contenté d'y envoyer de l'argent, quand je le pouvais. Le village est aujourd'hui une destination touristique recherchée.

— Et ta mère ?

— Je suis revenu la voir à la mort de mon père, pour lui annoncer la nouvelle. J'ai ensuite payé des gens pour s'occuper d'elle et gérer les conséquences.

— Les conséquences ?

Il ne répondit pas, alors elle se concentra sur le paysage.

— Est-ce ta maison, là-bas sur la colline ?

— Oui.

— Elle est magnifique.

Elle tendit le cou pour admirer son architecture, les hauts murs blancs, les impressionnantes colonnes, la véranda, les balcons, les treillis de feuillage vert grimpant jusqu'au toit…

— C'est ici que tu as grandi ? lui demanda-t-elle alors que l'hélicoptère se posait dans une clairière marquée d'un grand H.

— De la maison où j'ai grandi, il ne reste que les fondations. Tout le reste est neuf.

Elle essaya de l'imaginer grandissant ici, avant les rénovations. La maison qu'elle voyait aujourd'hui n'était pas celle d'un garçon qui s'était battu pour trouver de la nourriture.

— Cette maison n'a jamais été mon foyer mais elle va le devenir.

Il déboucla sa ceinture et allait faire de même avec la sienne quand elle l'arrêta.

— Je peux le faire toute seule.

Sans attendre, elle se libéra du harnais.

La proximité de leurs corps démentait la distance qu'elle sentait entre eux. Elle avait l'impression qu'il s'était retiré quelque part à l'intérieur de lui-même, dans un endroit auquel elle n'avait pas accès. Même son toucher semblait différent. La main qu'il avait posée dans le creux de son dos pour l'aider avait été courtoise mais froide.

En fait, depuis ce matin, elle le trouvait différent, comme s'il se retenait alors que ces trois derniers jours, il s'était libéré.

— Et ta mère ? reprit-elle, choisissant de se concentrer sur lui plutôt que sur ses sentiments.

— De quoi parles-tu ?

— Ta mère aimait-elle cette maison que tu avais construite pour elle ?

— Elle s'en moquait. Je me suis juste assuré qu'elle disposait de tout le confort nécessaire.

— À ton avis, qu'aurait-elle pensé de notre venue ici ?

— Elle ne l'aurait probablement pas remarquée.

— Ta mère n'aurait pas remarqué son fils ramenant à la maison la femme qu'il allait épouser ?

Il soupira.

— J'ai l'impression que tu essayes de gagner du temps, avec toutes ces questions. Pourquoi ?

— Parce qu'une fois que j'aurai débarqué de cet appareil, je ne te reverrai plus jusqu'à l'heure du mariage.

Il fronça les sourcils.

— Tu as changé d'avis à propos du mariage ?

— Bien sûr que non, mais...

— Mais ?

— Dis-moi quelque chose..., commença-t-elle en essayant de digérer la réalité de cet avenir qu'elle percevait peu à peu. De tous les endroits où nous pourrions nous marier et construire un foyer, pourquoi choisir celui-ci ?

Tout en parlant, elle le dévisagea, à la recherche de l'homme qui se cachait sous le costume, l'homme avec lequel elle avait couché, avec lequel elle avait discuté des heures et des heures.

Cet homme avait disparu dans la salle de bains pour prendre une douche, tout à l'heure, et il n'en était pas ressorti.

— Pourquoi revenir maintenant que ta mère n'est plus là ? Pas une seule fois tu n'as présenté ce lieu comme ton foyer, pas une seule fois je n'ai entendu...

Il la foudroya du regard.

— Arrête, *piccolina* !

En fait, l'homme dont elle était tombée amoureuse, cet homme débordant d'énergie, était là, bouillonnant sous son masque d'impassibilité. Elle le devinait.

— Arrête quoi ? Tu ne veux pas que j'évoque le sujet tabou ?

Déterminée, elle soutint son regard. Avait-elle fait le bon choix ? Son cerveau lui ordonnait de sortir de l'hélicoptère et de suivre à la lettre le scénario de son mariage. Alors qu'elle n'avait vu ni sa robe, ni l'église où se déroulerait la cérémonie !

Allait-elle épouser l'homme qui avait partagé son lit la nuit dernière ou bien l'homme assis à côté d'elle à cet instant, celui qui tentait d'ériger une barrière et de briser la bulle de passion qu'ils avaient créée avec leurs baisers et leurs caresses ?

— Si c'est si difficile d'être de retour ici...

— Ce n'est pas difficile.

— Tu mens.

— Et tu le sais parce que tu me connais si bien ?

— Peut-être que je ne te connais pas du tout. Je ne connais pas la personne que tu essaies d'être en ce moment, un homme froid et indifférent.

— Peut-être suis-je réellement froid. Et indifférent.

— Non, tu n'es ni l'un ni l'autre.

Comme pour changer de sujet, il croisa les jambes et lissa son pantalon.

— Tu fais semblant d'être indifférent. Avec moi, tu n'es pas comme cela, pas à Londres, pas sur ton bateau. Seulement ici.

— Comment sais-tu que je n'ai pas fait semblant sur le bateau, juste pour te faire venir ici ?

— Je le sais, c'est tout.

L'homme à côté d'elle était un mensonge. Ces derniers jours, elle avait découvert l'homme qui se cachait sous son costume, le véritable Raffaele.

— J'étais là avec toi et nous nous sommes fait des promesses, pendant la tempête. Et maintenant que nous en sommes sortis, tu fais semblant d'avoir oublié que nous nous sommes engagés à donner un foyer à la passion qui règne entre nous.

Il prit sa main sur sa cuisse et la posa sur la sienne.

— La flamme est aujourd'hui éteinte, *piccolina*.

— Non, ce n'est pas vrai, je la sens toujours et j'en ai assez de faire comme si de rien n'était. Arrête de mentir, à moi et à toi-même. Je n'entrerai pas dans la maison tant que je n'aurai pas compris ce qui se passe entre nous.

— Tu ne peux pas refuser de descendre d'un hélicoptère chaque fois que nous en prenons un !

— Je suis libre de faire ce que je veux, répliqua-t-elle, les joues rouges, cela s'appelle être adulte. Et je refuse de rester dans le noir. Quand tu m'as montré cette liste, j'ai été submergée mais depuis, je me suis ressaisie. Je me suis souvenue de qui je suis et de quelle femme j'ai envie d'être. Je veux affronter les faits, tous les faits, ici et maintenant. Tu n'es pas d'accord ?

Pendant de longues secondes, il ne parla pas, il ne bougea pas.

— J'attends toujours ta réponse, Raffaele.

Que lui cachait-il ?

— Explique-moi pourquoi nous sommes ici. Pourquoi est-ce si important pour toi d'installer ta nouvelle famille dans un foyer où tu n'as jamais connu l'amour ?

Il ferma brièvement les yeux.

— Nous avons évoqué nos origines, Flora, et les miennes sont ici. Cette maison était autrefois un endroit à éviter, ses habitants étaient méprisés. Aujourd'hui, c'est grâce à cette maison que Scarlata est devenu un village florissant. Lorsque notre bébé grandira, cette puissance écrasera toutes les critiques que j'ai subies autrefois. Notre enfant sera fort grâce à ces racines. Mes racines. Cette maison, qui n'était qu'une coquille vide, va devenir une véritable maison familiale.

Il se tourna vers elle et la regarda droit dans les yeux, avant de reprendre :

— Je ne veux pas de cet amour dont tu parles, *picollina*. Je ne l'imposerai à personne et surtout pas à notre enfant. J'ai vu comment l'amour peut briser irrémédiablement ceux qui prétendent s'aimer.

— Tu parles de ta mère ?

— L'amour a brisé ma mère. Elle a attendu toute sa vie d'adulte que l'amour lui revienne, en vain, et quand l'homme qu'elle aimait est mort, elle a choisi de mettre fin à ses jours.

Horrifiée, elle porta la main à sa bouche.

— L'amour l'a tuée ?

— Non, c'est l'illusion de l'amour qui l'a tuée, répondit-il d'un ton plat, sans la moindre émotion. L'amour n'existe pas.

— Et l'amour qu'elle éprouvait pour toi ?

— Elle ne m'aimait pas, elle m'a juste offert un toit.

— Toi aussi, tu m'offres un toit.

— Non, je t'offre ce que je t'ai annoncé depuis le début. Sur ce point, rien n'a changé.

— Si. Moi, j'ai changé.

Elle posa une main sur sa poitrine.

— J'ai changé à l'intérieur.

— Nous avons fait ce que tu avais suggéré, nous avons éteint la flamme. Aujourd'hui, nous nous connaissons, nous savons pourquoi nous nous engageons dans ce mariage.

— Que s'est-il passé ? Je ne comprends pas.

Il riva son regard au sien.

— Aujourd'hui, je suis capable de te toucher sans perdre la tête.

Non, il n'en était pas capable. Il n'avait pas été assez rapide pour dissimuler l'éclair de passion dans ses yeux.

— Encore un mensonge.

Elle voyait la vérité dans ses yeux, dans la chaleur qu'ils dégageaient. Elle reconnaissait son désir parce qu'il faisait écho au sien.

— Et si je ne peux pas te toucher de la même manière ?

— Tu le dois pourtant.

— Pourquoi ? Parce que tu ne veux pas de moi ? Parce que tu ne veux pas de la femme que tu m'as permis d'être ?

Elle voyait ses yeux rivés sur ses lèvres, d'où jaillissaient les mots qu'elle ne pouvait arrêter.

D'ailleurs, elle ne voulait pas les arrêter.

— Je suis une femme qui a besoin de toi, Raffaele. J'ai besoin de l'homme qui est venu me chercher à la ferme, l'homme que j'ai rencontré à Londres, l'homme du yacht.

— Cette dernière semaine, les explosions d'émotions que tu as provoquées en moi, admit-il, tout cela m'a donné envie...

Elle voyait que l'aveu lui coûtait. C'était écrit sur chaque ligne de son beau visage.

— Tu veux le contraire de ce que nous pourrions être ?

— Et que penses-tu que nous pourrions être ?

— Nous pourrions être heureux.

— Ce qui s'est passé sur le bateau, ce n'était pas du bonheur. C'était juste du sexe.

— Et voilà, nous en revenons au point de départ, à ta peur d'avoir des relations sexuelles avec moi.

— Il ne s'agit pas de peur.

— De quoi s'agit-il, alors ?

— Notre comportement sur le yacht était une erreur. Maintenant, nous devons passer à autre chose.

— Comment ?

— Nous allons nous installer dans la maison et nous allons suivre la liste. Nous allons faire ce qu'il faut pour notre enfant.

Elle attrapa la liste dans sa poche et la lui tendit.

— Reprends ta liste, je n'en ai pas besoin. Tu n'as pas besoin de payer des gens pour t'occuper de moi, je peux très bien me débrouiller toute seule.

Elle avait vécu avec la peur toute sa vie et elle refusait de continuer.

Elle inspira profondément et s'autorisa à considérer ses propres désirs, ses propres besoins. Elle voyait également les siens, ces besoins qu'il essayait de cacher si désespérément derrière son costume, derrière ses milliards, derrière tous ces gens qu'il payait pour s'occuper de ces questions qu'il ne voulait pas affronter de peur de se tromper.

Mais se tromper et continuer à avancer, c'était ça, la vie.

Elle commençait petit à petit à comprendre ce que représentait ce moment pour lui, lui qui n'était pas rentré chez lui depuis son enfance.

Elle laissa tomber la liste sur le sol et posa un doigt sur son menton pour l'obliger à la regarder.

— Je veux que nous quittions cet hélicoptère sans crainte.

— Je ne suis pas...

— Chut... Je veux que tu choisisses d'être l'homme que tu es avec moi, parce que je n'irai nulle part sans lui. Nous allons entrer dans cette maison et en faire notre foyer. Nous allons la remplir avec des sentiments, avec nos sentiments. Rien ne nous empêche d'écrire notre propre histoire, si tu fais confiance à ton instinct comme tu m'as appris à faire confiance au mien. Pendant longtemps, j'ai eu peur que la femme que je devenais ne soit pas vraiment moi.

— Et maintenant, la peur a disparu ?

— Grâce à toi, oui.

Elle se pencha. Sa bouche n'était plus qu'à quelques millimètres de la sienne.

— Tu me laisses parler, sentir, toucher, sans le moindre jugement.

Elle passa sa langue sur ses lèvres tremblantes.

— Tu m'as dévoilé l'homme que tu es réellement, l'homme qui se cache derrière le masque impassible. J'ai besoin d'être choisie par cet homme, l'homme qui veut désespérément être en moi parce qu'il a des désirs, des besoins, tout comme moi.

Alors choisis d'être cet homme. Si tu veux être avec moi, écoute ton instinct, Raffaele, et laisse tomber la liste.

Elle posa ses lèvres sur les siennes avant de reprendre :

— Alors, que décides-tu ?

Pendant un long battement de cœur, il ne bougea pas. Au bout de quelques secondes, il se pencha néanmoins et ramassa la liste.

— Je veux lâcher prise, murmura-t-il en déchirant la feuille et en laissant les morceaux s'envoler. Je veux me détacher de tout, sauf de toi.

Il saisit sa main et noua ses doigts aux siens.

— Je veux que cette journée se termine en liant la femme que tu es à l'homme que tu me donnes envie d'être. Épouse-moi parce que...

Bouleversée, elle retint son souffle.

— Parce que... ?

— Parce que je ne peux pas imaginer commencer la journée sans toi. J'ai besoin que tu sois à mes côtés.

Il effleura sa pommette avec son pouce et la fixa de ses yeux perçants.

— Veux-tu m'épouser, Flora Bick ?

Émue, elle ferma les yeux. Elle aurait voulu qu'il lui avoue que ce qu'ils ressentaient, c'était de l'amour mais il n'était pas encore prêt. Alors elle attendrait qu'il soit capable de prononcer les mots. Elle attendrait qu'il comprenne qu'elle n'était pas une illusion, que son amour n'était pas un mensonge et qu'ils étaient bel et bien tombés amoureux.

Et s'il ne comprenait jamais ? Et s'il ne voulait pas apprendre la signification du mot « amour » ?

Elle refoula ces questions guidées par la peur. Désormais, elle refusait de laisser la peur l'empêcher d'être la femme qu'elle était.

Elle avala sa salive puis riva son regard au sien.

— D'accord.

Malgré les doutes qui subsistaient en elle, elle sourit, satisfaite. Elle avait pris la bonne décision, elle en avait la certitude.

— J'accepte de t'épouser, Raffaele Russo.

11

— Je suis rentré à la maison.

Raffaele baissa les yeux vers la pierre tombale qui n'avait pas encore été gravée. Seule une croix blanche en bois indiquait le nom de la défunte.

Maria Russo.

Chaque semaine, les gens qu'il continuait à payer pour tenir compagnie à sa mère, y compris dans la mort, coupaient des fleurs dans le jardin entourant sa maison puis apportaient les bouquets au cimetière.

Il déposa sur la tombe celui qu'il avait apporté aujourd'hui.

À sa demande, une fois l'enquête terminée, sa mère avait été ramenée au village pour y être enterrée comme elle avait vécu, et comme elle était morte, seule. Sans lui.

Des semaines plus tard, le sentiment de culpabilité qui le rongeait était toujours aussi fort, toujours aussi étouffant, y compris aujourd'hui, le jour de ses noces.

Vêtu de son costume de mariage, une fleur blanche à la boutonnière, il s'était discrètement éclipsé de la maison. Il avait descendu la colline puis marché jusqu'à l'église dont il avait fait le tour pour entrer dans le petit cimetière.

Pour rendre visite à sa mère.

— Je vais me marier, *mamma*, reprit-il à voix basse. Elle s'appelle Flora Bick et c'est une femme forte. Elle se cachait mais je l'ai finalement retrouvée dans la campagne anglaise, vêtue d'un jean élimé et de bottes en caoutchouc. Mais dorénavant, elle portera des robes de bal parce qu'elle est née pour cela, *mamma*. Elle est née pour briller comme tu le méritais, parée de bijoux et de belles robes, protégée par mon nom. Je suis désolé que ma richesse ne t'ait pas suffi. Je suis désolé de ne pas t'avoir offert la possibilité de faire ton deuil dans ta propre maison quand l'homme que tu aimais est mort, et avec lui tes rêves d'une vie de famille. Je suis navré d'avoir été celui qui t'a annoncé sa mort, et je suis désolé de ne pas être resté avec toi. Je n'aurais jamais dû t'envoyer dans cette clinique privée, ce n'était pas là que tu voulais être. Tu as néanmoins trouvé un moyen de t'en sortir, n'est-ce pas ? Tu as trouvé un moyen d'être enfin avec lui.

Il repoussa l'envie puérile de lui demander pourquoi elle n'avait pas essayé de parler aux thérapeutes de l'établissement, ou bien à lui. Cela n'avait plus d'importance, aujourd'hui. Malgré tout, il avait besoin qu'elle sache qu'il ne l'avait pas oubliée. Il avait également besoin de lui parler de l'avenir.

— Flora attend de moi quelque chose que je ne peux pas lui offrir. Cette rage en moi, marmonna-t-il en ravalant la boule dans sa gorge... Si seulement je pouvais l'évacuer. Si seulement tu pouvais me pardonner...

Il ferma les yeux et laissa le bruissement des arbres tenter de l'apaiser.

— Pendant des années, tu m'as répété que tu ne voulais pas de moi, que tu n'avais pas besoin que je ramène de la nourriture à la maison, que tu n'avais pas besoin que je te brosse les cheveux ou que je t'aide à prendre un bain...

Au souvenir de la fragilité de sa mère et de son refus de se battre, sa voix se cassa.

— Si seulement...

Il inspira, tentant d'apaiser sa frustration. Malgré tous ses efforts, il n'avait pas été assez fort pour se battre pour eux deux. Il n'avait pas été capable de la sauver d'elle-même.

— Je regrette d'avoir oublié le devoir qui m'incombait.

Tous les mots qu'il voulait prononcer depuis trois mois, il les prononçait maintenant. Pour qui ? Il l'ignorait, sa mère n'était plus là. Malgré tout, il ne pouvait pas se taire. Impossible.

— Je vais me marier aujourd'hui, maman, et je te le promets, je veillerai sur ma famille. Je ne paierai jamais pour que quelqu'un s'occupe d'elle à ma place. Ma femme portera mon nom, et ma richesse la protégera. Par contre, je ne lui offrirai jamais cet amour qui t'a détruite. Je ne peux pas l'aimer mais je jure de faire de notre maison le foyer que tu n'as jamais eu. Tout ce que mon père t'a refusé, je l'offrirai à ma femme. Je ne peux pas réclamer ton pardon, mais la promesse que je te fais aujourd'hui est de tout faire pour me racheter. Ma femme sera ma rédemption.

Il se releva enfin, se retourna et aussitôt, se figea net, sous le choc.

Flora était là.

Elle portait une robe de mariée aux longues manches en dentelle et ses cheveux bruns étaient relevés en un élégant chignon surmonté d'un diadème de perles.

— Comment m'as-tu trouvé ?

Elle serait sa rédemption ? Il en avait fait la promesse à sa mère décédée ?

Émue, elle sentit son cœur battre à tout rompre sous la dentelle de sa robe de mariée.

À quelques mètres de l'église où elle allait se marier, son bouquet de mariée à la main, elle se tenait face à un homme qui venait de promettre de ne jamais l'aimer.

Savoir qu'il rejetait son amour, alors qu'elle ne l'avait même pas encore exprimé, lui faisait l'effet d'un coup de poignard en plein cœur.

Malgré tout, hors de question de se laisser abattre. Elle avait plutôt envie de le secouer pour l'obliger à écouter son cœur, de lui dire qu'il avait tort et que tout ce qu'il avait promis à sa mère, notamment l'argent, elle n'en voulait pas. Elle se fichait de sa fortune ou de son nom. Ce qu'elle désirait, c'était retrouver l'amour inconditionnel avec lequel ses parents l'avaient élevée. Ce qu'elle désirait, c'était aimer Raffaele de tout son cœur.

Elle avala sa salive et refoula ces mots. À quoi bon les prononcer à haute voix ? Raffaele ne s'était pas pardonné la mort de sa mère. Il n'était pas encore prêt à laisser tomber le passé et à regarder vers l'avenir.

Que pouvait-elle lui dire ? Elle n'en avait pas la moindre idée.

N'écoutant que son instinct, elle retira ses escarpins et avança dans l'herbe pour le rejoindre, lui, cet homme aussi blême que s'il venait d'apercevoir un fantôme.

Arrivée devant lui, elle le dévisagea. Sa poitrine se soulevait et s'abaissait rapidement au rythme de sa respiration nerveuse. Elle posa sa main sur son torse et plongea dans ses prunelles. Son regard était sombre, son visage fermé.

— Je t'ai suivi.

Elle attrapa sa main et la serra dans la sienne avant de s'agenouiller devant la tombe.

— *Signora* Russo, je vous promets de toujours suivre mon instinct et de guider votre fils pour qu'il fasse les meilleurs choix possibles. J'espère que le savoir vous apportera la paix.

Elle sortit quelques fleurs de son bouquet, les déposa sur la tombe, à côté des fleurs blanches qui s'y trouvaient déjà, puis elle se releva et se tourna vers Raffaele. Elle tapota ensuite son poignet comme pour désigner une montre invisible.

— Prêt ? Je crois qu'il est l'heure.

— Pourquoi m'as-tu suivi ?

— Je t'ai vu partir, alors j'en ai profité pour échapper au photographe qui prenait bien trop de photos de moi.

Il tressaillit.

— Tu as traversé les champs dans ta robe de mariée ? Tu aurais pu te blesser.

— Tu portes bien ton costume de mariage.

D'ailleurs, elle le trouvait encore plus beau que d'habitude, dans son costume gris clair.

Malheureusement, il n'était pas prêt. Il n'était pas prêt à aimer une femme, ni à aimer une famille.

— J'ai deviné que tu viendrais ici et je voulais être avec toi, pas dans une voiture de luxe avec des étrangers. J'ai pensé que si nous devions nous marier tout seuls, autant entrer ensemble dans l'église.

— Ce n'est pas comme cela qu'un mariage est censé se dérouler. Je devrais être à l'intérieur, à t'attendre…

— Rien ne nous empêche de créer nos propres règles.

Elle tendit la main vers lui, comme une invitation.

— Nous y allons ?

— Mais les photos pour ta mère…

— Nous prendrons des photos plus tard.

Ses yeux descendirent vers l'ourlet de sa robe. Il était un peu sale.

— Ta robe…

— Cela n'a pas d'importance.

— Qu'est-ce qui compte alors ?

À ces mots, l'incertitude la gagna et son sourire s'évanouit. Elle avait envie de lui dire que c'était l'amour qui comptait mais avant, elle avait besoin qu'il comprenne que lui aussi comptait et qu'elle prendrait soin de lui, même s'il ne l'avait pas écrit sur sa liste.

— L'important est de te faire confiance pour écrire de nouvelles règles. Avec moi à tes côtés.

— Me faire confiance…

— Écrivons ensemble un tout nouveau scénario. Entrons dans cette église ensemble, juste toi et moi. Devant l'autel, je me donnerai à toi, tout comme tu te donneras à moi.

Timidement, il effleura le bout de ses doigts puis l'attira à lui.

— Ensemble ?

Elle acquiesça. Avait-il enfin compris ?

— Oui, ensemble. Allons prononcer nos vœux devant les seules personnes qui comptent, c'est-à-dire nous.

Sa poitrine se gonfla contre la sienne. Il pencha la tête mais elle ne regarda pas sa bouche. Elle ne se laissa pas aller à sentir la chaleur de son souffle sur ses lèvres. Ce n'était pas le moment des baisers, c'était le moment des mots.

— Laisse-toi aller et évacue toute cette rage qui est en toi. Nous ne pouvons pas construire sur des fondations fissurées, alors recommençons à zéro. Recommençons ensemble. Tout de suite. Bâtissons un avenir qui nous appartienne, un avenir qui n'ait rien à voir avec le passé.

Le bout de ses doigts s'enfonça dans ses hanches et elle sentit les sentiments contradictoires s'affronter en lui, le devoir et la tentation de ce qu'elle lui offrait, une vie où ils compteraient l'un pour l'autre.

Il posa enfin ses lèvres sur les siennes et, cette fois-ci, elle ne résista pas.

— Marions-nous, *piccolina*, murmura-t-il lorsqu'il rompit l'étreinte.

Ils remontèrent le chemin menant à l'entrée de l'église. Main dans la main, ils tournèrent au coin de la rue et soudain, des applaudissements se mirent à résonner. Des dizaines de mains se mirent à battre, des dizaines de regards se mirent à sourire et un homme vêtu d'un costume mal ajusté s'avança vers eux.

— Mateo..., fit Raffaele.

L'homme l'attira dans ses bras et le tint contre lui plus longtemps que ne le voulait la tradition, lui murmurant à l'oreille des mots qu'elle n'entendait pas.

Raffaele ferma les yeux et elle sentit un tsunami d'émotions se répandre dans la main qui serrait la sienne. L'homme recula enfin et Raffaele le remercia d'un geste de la tête.

Le vieil homme reporta ensuite son attention vers elle. Il l'embrassa chaleureusement sur les deux joues et lui serra la main avant d'être imité par les autres habitants du village.

Pas une seule fois Raffaele ne lâcha sa main tandis que côte à côte ils avançaient dans la foule, au milieu de ces villageois qui avaient sauvé le garçon qu'il avait été avant que celui-ci n'ouvre le village sur le monde, au milieu de ces villageois qui aimaient l'homme qu'il était devenu, et le lui prouvaient.

Elle sentait cet amour dans chaque étreinte, dans chaque poignée de main. Raffaele avait toujours été aimé. Malheureusement, il ne l'avait jamais compris.

Les portes de l'église s'ouvrirent enfin et, main dans la main, ils remontèrent l'allée centrale.

L'intérieur de l'église avait été décoré avec de la soie blanche, des bougies et d'immenses bouquets.

L'émotion lui noua la gorge.

— C'est magnifique.

— Regarde en haut.

Elle leva les yeux vers le balcon à colonnes de pierre au-dessus d'eux et les larmes lui montèrent aux yeux.

— Un quatuor à cordes ? Une chanteuse ?

Celle-ci commença à chanter *Ave Maria* et, tremblante, elle se tourna vers lui, l'homme qui lui avait offert une nuit de liberté à Londres, avait remué ciel et terre pour la retrouver au fin fond de sa ferme et l'avait obligée à affronter non seulement la confirmation de sa grossesse, mais aussi la femme qu'elle voulait être.

La chair de poule la gagna. Jamais elle ne s'était sentie aussi libre qu'en ce moment. Grâce à lui, elle pouvait enfin être elle-même.

Reprenant peu à peu ses esprits, elle redressa les épaules.

— Prêt ?

— Je suis prêt.

Derrière eux, les villageois s'installèrent tandis qu'ils prenaient place devant le prêtre qui allait les unir.

Elle posa ses doigts sur la joue de Raffaele et retint les larmes qui embuaient sa vue alors qu'elle prononçait les mots de son cœur, les mots qu'il avait besoin d'entendre.

— Je sais que ma famille n'a pas eu le temps de venir jusqu'ici, mais je suis heureuse que la tienne soit ici.

Émue, elle resserra sa main dans la sienne. Ils étaient réunis devant sa communauté, devant sa famille. La famille, c'était parfois un village.

— Regarde-les, murmura-t-elle, ils sont tous là pour toi. Et moi aussi.

Elle lui en faisait la promesse.

Elle espérait juste qu'il l'entendrait et qu'avec le temps, il comprendrait l'amour, et la famille.

12

Raffaele ne pouvait lâcher la main de son épouse, et elle non plus. Cette journée avait été tellement surréaliste.

Sa gorge se serra. Cette vie parfaite n'était pas faite pour lui. Les fantômes qui le hantaient chaque jour depuis son départ du village étaient toujours vivants, toujours présents.

Il dénoua sa cravate pour tenter d'inspirer plus facilement.

— Ça va ? lui demanda sa nouvelle épouse.

Sa voix de velours fit pétiller ses tympans.

— Ça va aller, l'assura-t-il d'un ton sec avant de se débarrasser de sa veste de costume.

Il étouffait. Si seulement il pouvait retirer son costume... Si seulement il pouvait être l'homme qu'elle désirait, l'homme auquel elle pensait s'être liée en passant un anneau à son doigt.

Il rêvait de la débarrasser de sa robe et de savourer la douceur de son corps. Il voulait s'enfoncer en elle et se perdre, ignorer les sentiments conflictuels qui rugissaient dans ses veines, ces émotions contradictoires qu'il ne pouvait nommer.

Ils s'installèrent l'un à côté de l'autre à l'arrière de la voiture de luxe et, sans attendre, il ordonna au chauffeur de prendre la direction de cette maison qui allait devenir son foyer.

Leur foyer.

— Embrasse-moi, lui susurra-t-elle d'une voix langoureuse en se collant contre lui.

Ses beaux yeux le suppliaient de faire exactement ce dont il rêvait, de s'insinuer entre ses cuisses et de la posséder. Malheureusement, c'était impossible.

Réprimant un soupir, il accrocha sa veste au crochet.

— Je refuse de consommer notre mariage dans une voiture, *signora* Russo.

— Pourquoi pas, *signor* Russo ? L'écran qui nous sépare du chauffeur ainsi que les vitres sont teintés. Personne ne nous verra, personne ne nous entendra.

— Nous serons de retour à la maison dans…

— Mais je te veux ici, Raffaele. Maintenant. Si tu refuses, c'est juste que tu as peur.

— Peur ? Je n'ai pas peur, rétorqua-t-il, le mensonge lui laissant un goût nauséabond dans sa bouche.

Cette impression d'être désiré, d'être aimé par cette communauté dont il pensait qu'elle l'avait oublié… Tout cela n'était qu'illusion. Cette vie n'était pas réelle, elle était basée sur le mensonge.

Depuis qu'il l'avait rencontrée, Flora l'avait mis au défi d'affronter les démons qui sommeillaient en lui et de se concentrer sur ses besoins, sur ses désirs. Elle l'avait encouragé à enterrer ses blessures passées, à bâtir un avenir meilleur, sans peur, et lui avait promis d'être à ses côtés.

Mais il n'était plus un enfant, il n'avait pas besoin d'un guide !

Par contre, il avait besoin d'elle.

Qu'est ce que cela signifiait ? Leur mariage pouvait-il fonctionner ? Était-il possible d'avoir une famille même s'il ne pouvait pas lui offrir tout ce qu'elle désirait ? Et l'accepterait-elle ?

Il réprima un soupir. Son épouse était-elle bonne pour lui ? Était-il mauvais pour elle ? Il n'en avait pas la moindre idée.

— Fais-moi l'amour, le défia-t-elle.

Elle attrapa le premier bouton de son corsage, l'ouvrit puis fit de même avec le deuxième, puis le troisième, révélant peu à peu le gonflement de ses seins recouverts de dentelle blanche. Elle remonta ensuite sa jupe, centimètre par centimètre, dévoilant ses jambes, puis la chair nue au-dessus de ses bas.

Comme hypnotisé, il la dévora du regard. Ses gestes le troublaient et elle le savait. À l'évidence, elle avait reconnu le besoin bestial qui rugissait en lui, ce désir inavoué de la posséder.

— Aime-moi, Raffaele, murmura-t-elle et il succomba.

Il oublia toute retenue.

Incapable de résister une seconde de plus, il lâcha prise. Elle laissa tomber sa tête sur l'appui-tête et, sans attendre, il enfouit son visage dans son cou. Il déposa une nuée de baisers gourmands sur sa peau palpitante, depuis son oreille jusqu'à sa poitrine sensuelle. Il suça, mordilla, lécha chaque centimètre carré de sa peau laiteuse jusqu'à trouver ses seins délicats.

— Tu es si belle...

Son regard s'accrocha au sien.

— J'ai besoin de toi, Raffaele, marmonna-t-elle, haletante.

Tout son corps était désormais tendu. Tous ses sens étaient en éveil, il n'était plus qu'une boule d'émotions. Il bouillait.

Elle le poussait à répondre à son désir, à leur désir commun. Elle l'encourageait à libérer les émotions qui brûlaient dans sa poitrine et à la laisser les goûter.

En feu, il captura ses lèvres. Il enfonça sa langue dans sa bouche et ouvrit largement sa robe. Ses paumes trouvèrent ses mamelons durcis et, impatientes, les pressèrent. Envoûté, incapable de se retenir plus longtemps, il bascula ses hanches et écrasa sa virilité contre son intimité.

De ses petites mains, elle ouvrit son pantalon et, troublé, il se mordit la lèvre.

— Flora !

Elle prit son sexe tendu à l'extrême dans sa main, le caressa et il réprima un gémissement de plaisir.

— Assieds-toi, lui ordonna-t-elle.

Prenant le contrôle, elle plaqua ensuite ses seins contre sa poitrine et se mit à califourchon sur lui, laissant son érection palpiter entre eux.

Des idées osées plein la tête, il agrippa ses cuisses tandis qu'elle s'abaissait sur lui. Il ne pouvait pas détourner le regard. De toute façon, il ne voulait pas détourner le regard de ce lien intime et unique entre eux qui s'était formé la nuit de leur rencontre.

Elle s'empala enfin sur sa virilité puis ses hanches se soulevèrent avant de se mettre à monter et descendre sur son sexe.

— Maintenant !

— Flora...

Ensorcelé, il empoigna ses hanches et se mit à bouger avec elle en rythme tandis qu'elle criait son nom.

— Raffaele !

Elle accéléra ses va-et-vient jusqu'à ce que leur tempo devienne frénétique.

Comme si elle craignait qu'il détourne le regard, elle prit son visage en coupe. Alors il la regarda et il la fixa avec admiration. Ses yeux brillants, sa bouche haletante et son innocence l'émerveillaient, ils l'hypnotisaient.

La chaleur qui émanait d'elle les emprisonnait tous les deux à l'intérieur d'une bulle, la même bulle de désir que la nuit de leur rencontre, celle qu'il n'avait pu ignorer malgré l'obscurité. Aujourd'hui non plus, il ne pouvait pas l'ignorer.

— C'est à ton tour de venir pour moi, *piccolina*.

Il glissa sa main entre leurs deux corps et exerça une pression sur son bouton de plaisir.

— Vas-y, lui ordonna-t-il. Jouis.

Elle serra ses muscles intimes autour de lui jusqu'à ce qu'ils rugissent tous les deux et explosent de concert.

À bout de souffle, elle s'effondra sur lui et, gagné par l'émotion, il la serra entre ses bras.

Flora était réelle. Depuis qu'elle était apparue dans sa vie, elle l'avait remplie de magie. Elle lui avait ouvert les portes d'un monde qu'il n'aurait jamais imaginé connaître.

— Je t'aime, Raffaele.

À ces mots, la bulle explosa et, instinctivement, il la relâcha.

Cette vie n'était pas la sienne. Il pouvait évidemment lui mentir, lui murmurer des mots d'amour, la convaincre de l'illusion de l'amour, comme son père avait convaincu sa mère. Il pouvait la garder prisonnière d'une vie dans laquelle il ne pourrait pas l'aimer. Ou bien il pouvait la libérer.

Elle demeura immobile, attendant à l'évidence qu'il répète ses paroles. Malheureusement, il ne pouvait pas lui mentir. Impossible.

— Je ne peux pas t'aimer en retour.

À vrai dire, son refus ne l'étonna pas, elle s'y attendait.

Malgré le rejet, elle parvint même à sourire. Elle connaissait la vérité. Elle l'aimait et il l'aimait.

Elle s'assit à côté de lui, à côté de cet homme qui, en quelques mots, était passé du feu à la glace. Puis elle remit son soutien-gorge, referma sa robe et attendit.

Elle était prête, prête à apprendre l'amour à un homme qui ne l'avait jamais connu et jamais accepté.

Raffaele prit le temps de se rhabiller avant de se tourner vers elle.

— Je ne pourrai jamais t'aimer, répéta-t-il, son beau visage indéchiffrable.

— Qu'est-ce qui te fait penser que tu ne m'aimes pas déjà ?

— Parce que l'amour n'existe pas. Entre nous, il ne s'agit que de sexe, Flora, une connexion biologique dans le but de procréer.

— Dans ce cas-là, pourquoi continuons-nous à faire l'amour, puisque je suis déjà enceinte ? C'est parce que tu aimes...

— Parce que j'aime le sexe, tout simplement. J'aime faire l'amour avec toi. Le désir est naturel.

— Et l'amour ne l'est pas ?

— L'amour n'est qu'un mythe utilisé pour manipuler les faibles.

— Je ne suis pas faible, et toi non plus.

Elle posa sa main sur sa cuisse et il baissa les yeux vers ses doigts. Il n'avait pas besoin de parler, elle voyait ses pensées contradictoires se refléter sur ses traits tendus.

Il prit enfin sa main et la reposa sur son genou avant de tourner son regard inébranlable vers le sien.

— Je sais qu'espionner les conversations est un péché, reprit-elle, mais peu m'importe car tout ce que je t'ai entendu dire à ta mère, je le savais déjà. Tu ne sais pas ce qu'est l'amour.

— L'amour est un mensonge.

Elle secoua la tête.

— Toute ta vie, on t'a raconté l'histoire de cet homme qui avait promis d'aimer ta mère mais l'avait rejetée de la manière la plus brutale qui soit. Ton père vous a laissés tous les deux survivre avec l'espoir mensonger qu'il reviendrait. Cela n'a rien à voir avec de l'amour.

— Je n'ai jamais dit que c'était le cas.

Ignorant sa réponse, elle continua :

— Ton père a trompé ta mère en lui faisant croire qu'il l'aimait, poursuivit-elle d'une voix aussi assurée que possible. Il lui a menti et elle l'a cru. Elle t'a ensuite transmis une vision déformée de l'amour.

Il la regardait mais il ne la voyait pas, elle le devinait.

— Pourquoi souffrait-elle autant si ce n'était pas de l'amour ? rétorqua-t-il.

— L'amour n'est pas censé faire mal.

Elle avait envie de tenir sa main avant de lui poser sa prochaine question mais elle se retint.

— Ta mère était malade, Raffaele. Elle a prétendu qu'elle avait vécu une grande histoire d'amour avec un noble italien, mais cette histoire d'amour était une tragédie. Ce n'était pas de l'amour. Elle n'a pas connu son conte de fées mais le nôtre peut se matérialiser, à condition que nous fassions confiance à nos sentiments.

Allait-il entendre ce qu'elle disait ? Allait-il la comprendre ? Refoulant ses doutes, elle poursuivit :

— Cette tempête qui vous a conduits tous les deux à l'hôpital vous a brisés alors qu'elle aurait, au contraire, dû vous donner l'envie de vivre. Ta mère aurait dû te dire qu'elle n'était pas responsable de sa tristesse. Malheureusement, elle était trop malade pour s'occuper de toi. En fait, le problème, ce n'était pas le manque d'amour mais la maladie. L'amour ne fait pas souffrir. Je ne te ferai pas de mal, je te le promets. Laisse-moi t'aimer, s'il te plaît, et admets que tu m'aimes aussi.

— Je ne t'aime pas.

— Mais vouloir prendre soin de quelqu'un, c'est déjà de l'amour. Veiller à sa sécurité, lui offrir un petit déjeuner l'après-midi parce qu'elle ne l'a pas pris le matin, la chercher partout pendant la tempête parce que tu as besoin de savoir qu'elle est en sécurité... Tout cela, c'est de l'amour. Mateo, qui se présente à notre mariage, avec tous les villageois à ses côtés, c'est également un acte d'amour.

— Il ne s'agit que de respect de sa part, pour me remercier de ce que j'ai fait pour le village.

— Non ! C'est un acte d'amour, pour toi.

Elle rassembla son courage, devinant que la prochaine étape le blesserait. Pour qu'il comprenne, elle n'avait plus qu'un choix, retirer le pansement d'un seul coup, d'un geste brusque.

— Comment aurais-je pu aimer ma mère, Flora ? Dès que j'ai pu, je l'ai quittée. Je ne suis rentré que lorsque j'ai appris la mort de mon père. Je ne voulais pas qu'elle soit seule quand elle l'apprendrait. Je suis revenu, je lui ai annoncé la nouvelle, et elle est morte. Parce que dès que je lui ai dit, je suis reparti. Je l'ai laissée seule avec son chagrin et elle a mis fin à ses jours.

— Ton rôle n'a jamais été de la protéger d'elle-même. Ta mère a fait ses propres choix, des choix que tu ne comprendras hélas jamais. Tout comme je ne comprendrai jamais pourquoi ma mère m'a fait adopter.

— Ce n'est pas la même chose.

— Tu as raison. Les situations sont différentes parce que j'ai grandi dans une famille qui m'a offert tout son amour. Mes parents ont-ils commis des erreurs ? Oui, mais ils ont toujours été guidés par l'amour.

— J'ai laissé tomber ma mère et elle est morte, à cause de moi, parce que j'ai détourné le regard. Ce n'est pas de l'amour.

Il ferma les yeux, la repoussant, et elle le laissa faire.

Il posa ensuite sa tête contre l'appui-tête et lâcha un long soupir.

— Qu'est-ce que c'est que cette manie que tu as de lancer des conversations sérieuses dans les transports ?

— À chaque fois que nous sommes dans un hélicoptère, dans une voiture ou un bateau, je sais qu'il ne s'agit que d'une transition et je veux que l'on décide, ensemble, de l'étape suivante.

Il n'ouvrit pas les yeux mais elle vit ses doigts sur sa cuisse se tendre.

— Nous serions bien mieux au lit.

— Tu persistes à vouloir ignorer le sujet.

— Je n'ignore rien du tout. Je réponds sincèrement à tes questions et à tes déclarations d'amour. Tant pis si mes réponses te déplaisent.

— Que vas-tu faire, maintenant ?

— Je vais suivre ma liste.

— Pendant la tempête, sur le bateau, tu as reconnu que tu n'aurais jamais dû me faire porter le chapeau de ta réaction au passé. Malheureusement, tu n'as pas changé. Je ne sais plus comment te faire comprendre ce qu'est l'amour.

— C'est simple, Flora. Nous serons des amants, des compagnons, peut-être même des amis. Et nous élèverons notre bébé ensemble, mais tu dois comprendre que…

Il se rapprocha d'elle. Elle pouvait sentir son odeur sur sa peau et le désir qui couvait toujours entre eux. Mais il ne la touchait pas, alors elle ne le toucha pas non plus.

— Cette maison ne connaîtra jamais l'amour.

Par la fenêtre, il lui montra la maison devant laquelle la voiture venait de s'arrêter, cette maison qui serait sa nouvelle demeure.

— Ne m'utilise pas comme moyen de rédemption pour la

culpabilité que tu ressens à l'égard du passé. Je suis ta femme, et je te demande simplement de me laisser t'aimer, et de m'aimer en retour.

Incapable de se retenir, elle posa une main sur son torse. Elle avait envie de le prendre entre ses bras et de le serrer jusqu'à ce qu'il comprenne que l'amour qu'elle lui offrait avec son corps venait également de son cœur, de son âme.

— Aime-moi, Raffaele, et fais-toi confiance pour m'aimer.

Elle lui demandait la même chose que dans la tempête. La seule différence, c'était que maintenant elle avait besoin de tout son cœur, pas seulement de son corps.

— Je ne peux pas.

Elle retint son souffle et cligna des yeux pour bloquer les larmes qui menaçaient de se répandre sur ses joues.

À l'évidence, elle n'était pas un très bon professeur.

Ne restait plus qu'une leçon possible, la plus difficile. Et si cela ne fonctionnait pas, cette histoire d'amour serait terminée et elle élèverait son bébé toute seule. Avant cela, elle lui offrait une dernière chance de choisir l'amour, de choisir la famille.

Rassemblant son courage, elle retira sa main puis riva son regard droit devant elle.

— Sors de la voiture, Raffaele.

— Pourquoi ?

— Tu as dit que je ne trouverais pas l'amour dans cette maison, alors je refuse d'y aller.

— Nous venons juste de nous marier !

— Je refuse d'élever mon bébé dans une maison sans amour.

— Flora...

— Sors, s'il te plaît.

Elle n'avait pas le choix, il refusait d'écouter ses arguments rationnels.

— Où iras-tu ?

— Dans un endroit où je suis sûre d'être aimée.

Elle se pencha par-dessus son corps puissant, se forçant à ignorer son parfum enivrant, et lui ouvrit la portière.

— Je rentre à la maison. L'aventure est terminée.

— Mais… Tu es enceinte…

— Nous discuterons de cette question plus tard.

Elle le regarda enfin. Sa confusion la troublait mais c'était la seule façon de l'aider et de lui faire comprendre que rien d'autre ne comptait que l'amour. Malheureusement, il était prêt à tout sacrifier à cause du petit garçon qu'il avait été, parce qu'il était persuadé qu'il ne méritait pas l'amour.

Il sortit de la limousine.

Maintenant, c'était à lui de régler ce problème tout seul.

Elle donna un coup à la vitre la séparant du chauffeur et ordonna à ce dernier de la conduire à l'aéroport.

Ignorant Raffaele qui la fixait toujours, elle attrapa sa veste de costume et l'enfila.

Elle pouvait encore sentir la chaleur de son corps.

— Adieu.

Une fois la portière fermée, elle se retourna pour jeter un dernier coup d'œil par la lunette arrière. Son mari la regardait s'éloigner, sans réagir. Il la laissait partir.

Incapable de retenir ses larmes plus longtemps, elle s'effondra sur cette banquette sur laquelle elle avait fait l'amour à son mari, parce qu'elle le quittait et qu'elle n'avait pas envie de l'abandonner.

13

Elle allait trouver de l'argent dans la poche de la veste de son costume, suffisamment d'argent pour lui permettre de s'acheter un billet pour faire le tour du monde.

Elle s'en sortirait, il n'avait aucun doute sur cette question. Mais lui ?

Malgré tout, la voir s'éloigner avec son bébé dans le ventre lui faisait mal. Chaque crissement des pneus sur le gravier lui faisait l'effet d'un nouveau coup de poignard en plein cœur.

Elle lui avait demandé à plusieurs reprises de se laisser aller, et il l'avait fait avec son corps. Mais il ne pouvait pas aimer. Son cœur était vide. Il n'avait rien à lui offrir.

Finalement, peut-être son départ était-il la meilleure solution. Il offrirait à Flora et leur enfant la protection de son nom et de sa fortune. Il leur donnerait tout et n'importe quoi et, surtout, il ne priverait jamais son enfant de ses racines.

Était-ce ainsi que son histoire devait se terminer ? Il allait rester seul dans cette maison, prisonnier du passé, et regarder son avenir s'éloigner, sans réagir ?

Malheureusement, il ne pouvait pas bouger. Il avait l'impression que ses pieds étaient coulés dans du béton.

Voulait-il vraiment s'accrocher à la peur tandis que Flora...

Flora n'avait pas peur. Même lorsqu'il lui avait révélé la vérité sur sa négligence, ses grands yeux innocents avaient continué à le regarder avec envie, avec chaleur.

Avec amour.

À cette idée, une douleur le transperça, vive, brûlante.

Il leva les yeux. La voiture était au bout de l'allée. Bientôt, elle allait descendre la colline et disparaître de sa vue, de sa vie.

Sans réfléchir, il se mit à courir.

Malheureusement, la voiture ne s'arrêta pas.

Bon sang, pourquoi n'avait-il pas rappelé Flora plus tôt ? Elle lui avait donné tout ce qu'elle avait, toute sa confiance.

Et tout son amour ?

Se débarrassant enfin de la peur et du passé, il s'arrêta au bout de l'allée et, écoutant enfin son instinct, il cria son désir, il cria son amour.

— Flora !

Il s'apprêtait à dévaler la colline à sa poursuite, lorsque la voiture s'arrêta enfin, et son cœur aussi.

La portière s'ouvrit et, retenant son souffle, il regarda Flora sortir et le fixer.

Au bout de quelques instants, ils se mirent à courir tous les deux l'un vers l'autre.

Il courait si vite qu'il avait l'impression de voler vers l'avenir, vers l'amour, vers son destin. Désormais, il ne voulait plus détourner le regard.

Il aimait Flora. Il aimait sa force et son innocence. Il voulait lui faire confiance et croire en l'amour. Il avait envie d'être l'homme qu'elle avait fait de lui, l'homme qu'il était sous son costume. L'homme qu'il avait toujours été.

Il n'était plus le petit garçon coincé sous un arbre. Il n'était plus perdu. Flora l'avait retrouvé.

Leurs corps s'entrechoquèrent enfin. Sans un mot, il attira son visage au sien et l'embrassa avec tout son amour.

Il additionna les baisers, un baiser pour chaque année où il ne s'était pas senti aimé, un baiser pour chaque fois qu'il avait choisi d'écouter la raison plutôt que ses sentiments.

Son épouse allait lui apprendre à aimer, de tout son cœur.

— Flora…

— Je sais.

Il savait qu'elle savait.

— C'est difficile de faire confiance, n'est-ce pas ?

— Oui.

— Ne t'inquiète pas, tu y parviendras, lui promit-elle.

Il déglutit tant bien que mal, la tenant toujours fermement contre lui.

— Je n'ai jamais connu de véritable famille. Je n'ai jamais connu l'amour, mais je suis prêt à apprendre. Je veux vous aimer tous les deux, toi et le bébé, et que nous formions une famille, une équipe. J'ai envie de transformer cette maison en un foyer, avec toi, mais pas pour me racheter. J'ai enfin compris que les choix de ma mère étaient uniquement les siens et que je ne pouvais pas décider à sa place. Désormais, j'ai envie de faire confiance à mes propres choix. Comment pourrais-je ne pas avoir confiance alors que ce sont mes décisions qui m'ont mené à toi ? Me laisseras-tu t'aimer, Flora ?

Il s'agenouilla devant elle.

— Veux-tu être ma femme ?

— Je le suis déjà.

Elle s'agenouilla à son tour, prit son visage en coupe et le regarda droit dans les yeux.

— Je t'aime, Raffaele Russo.

— Tu es la seule pour moi. Le destin t'a mise sur ma route et, dès la première nuit, tu as ramené mon âme et mon cœur à la vie.

Pour toute réponse, elle lui caressa le visage.

— Je t'aime, répéta-t-il d'une voix tremblante.

Puis, n'écoutant que son cœur, il l'embrassa à pleine bouche, au milieu de l'allée.

— Je promets de remplir cette maison d'amour, Flora.

Heureux, il la dévisagea. Son monde était là, devant lui. Flora représentait son monde.

— Je t'aime, je t'ai toujours aimée et je t'aimerai toujours.

Épilogue

— Tu vas y arriver, tu es forte, mon amour, murmura Raffaele, l'impatience faisant vibrer chacun de ses pores.

— Je ne suis pas…

— Si, tu l'es.

Elle ferma les yeux, écrasa ses doigts entre les siens et il la laissa serrer. Il se laissa être la force inébranlable sur laquelle elle devait s'appuyer pour mettre au monde une nouvelle vie, cette petite vie qu'ils avaient créée ensemble.

Flora avait refusé une suite dans la clinique privée pour accoucher. Elle avait refusé de quitter sa maison, leur maison.

Pourquoi la quitterait-elle pour être entourée d'étrangers, alors que tout ce qu'elle désirait, était ici ? lui avait-elle dit.

Elle voulait que leur bébé naisse dans leur maison, ici, dans cette chambre remplie d'amour, alors il avait fait confiance à son choix de mettre leur bébé au monde avec seulement l'aide d'une sage-femme. Il n'avait pas mis tous les médecins de Sicile en attente.

Chaque jour qui passait, il en apprenait davantage sur l'amour. Flora était une enseignante patiente et parfois ses mots doux se transformaient en baisers brûlants.

Grâce à Flora, il avait appris que les couples se disputaient, mais qu'ensuite ils faisaient l'amour et se réconciliaient. Et ils étaient bel et bien un couple. Ils formaient une famille. Chaque soir, il se mettait au lit à côté de sa femme et savait que sa place était là, dans ses bras.

À cet instant, cependant, il se sentait impuissant. Il aurait voulu la débarrasser de sa douleur mais il ne pouvait pas. Alors il se força à rester fort pour elle et lui caressa le dos. Il embrassa son front et déposa de l'eau sur ses lèvres.

Il l'aimerait de toutes les façons silencieuses qu'elle lui avait apprises. Il prendrait soin d'elle en toutes circonstances, dans les petits actes comme dans les grands. Il serait toujours présent pour elle.

— Raffaele…

La dernière ligne droite était arrivée.

Elle fit un dernier effort et un bébé aux cheveux bouclés apparut enfin.

Raffaele regarda sa femme, ses joues rougies, son front humide, sa bouche haletante. Sa femme. Son amour.

Il se tourna ensuite vers le bébé, sa nouvelle famille. Il avait l'impression de vivre un rêve.

— Félicitations, *signor* et *signora* Russo. Elle est parfaite, annonça la sage-femme.

— Une fille ? bafouilla-t-il, dévoré par l'émotion.

— Oui, une petite fille, avec dix doigts et dix orteils.

— Elle est vraiment là… ? susurra Flora d'une voix émerveillée.

Il acquiesça et noua ses doigts aux siens.

— Elle est là.

Sa fille.

— Aide-moi à enlever ma chemise. Je veux sentir mon bébé contre ma poitrine.

— Bien sûr.

Il posa ses mains tremblantes sur celles de Flora, qui essayait maladroitement de défaire les boutons de sa chemise de nuit.

— Je suis si fier de toi, *piccolina*.

Son cœur débordait de sentiments. Il ressentait de la joie, du bonheur et surtout, de l'amour.

— Maintenant, reprit Flora, enlève ton T-shirt. Installe-toi à côté de moi dans le lit et tenons notre bébé ensemble.

Sans réfléchir, il fit ce qu'elle lui demandait. Peu importait si ce n'était pas la norme, c'était leur façon de faire.

— Nous sommes prêts.

La sage-femme plaça alors le bébé sur la poitrine nue de Flora et instantanément, comme par magie, un amour inconditionnel s'épanouit en lui, pour Flora et pour sa fille, parfaite à tous points de vue.

Flora posa ses lèvres sur la tête de sa fille.

— Bienvenue dans notre famille, lui murmura-t-elle.

Il avait attendu cet amour toute sa vie.

La sage-femme s'éclipsa de la pièce, laissant les nouveaux parents, dont les yeux pleins de larmes débordaient d'admiration et d'émerveillement, se présenter à leur fille.

— Je suis très reconnaissant que tu m'aies choisi pour t'aimer, Flora.

— Nous nous sommes choisis l'un l'autre.

Leurs mondes s'étaient croisés lors d'une nuit magique à Londres et depuis, ils étaient liés pour toujours. Non pas à cause de leur bébé, mais à cause de l'amour. Leur bébé était juste une preuve de cet amour.

Il laissa l'air remplir ses poumons, nourrir l'essence de sa vie.

— Je t'aime, Flora.

Elle passa ses doigts sur la joue de leur fille.

— Je t'aime aussi, Raffaele.

Le cœur débordant d'amour, il serra sa famille contre lui. Jamais il ne cesserait de les aimer.